LES CENCI

LES CENCI

DRAME DE SHELLEY

TRADUCTION

DE

TOLA DORIAN

AVEC PRÉFACE

DE

[illegible]

PARIS

ALPHONSE LEMERRE [illegible]

27-31, PASSAGE CHOISEUL

1883

PRÉFACE

Au premier quart de ce siècle, l'Angleterre est redevenue ce qu'elle était du temps de Shakespeare, ce qu'est la France du temps de Victor Hugo — un véritable nid de poètes. Jamais, depuis les jours d'Eschyle et de Pindare, la poésie lyrique ne s'était élevée à de pareilles hauteurs. Deux hommes mûrs, Coleridge et Wordsworth, deux jeunes hommes, Shelley et Keats, dépassaient tellement tous les autres que nous ne considérons plus qu'en souriant les prétentions de leurs émules à leur disputer la place. Et cependant il y avait parmi ces autres des hommes tels que Walter Scott, Landor et Byron. Tous ces poètes se sont essayés au drame ; un seul y a réussi : c'est celui qu'on aurait cru le moins propre à ce travail sublime et sombre.

C'est l'idéologue par excellence, l'habitant des nuages, le fou criminel qui avait eu ce double avantage de naître aristocrate et d'être élevé par des prêtres, et qui en avait profité pour se déclarer à vingt ans libre penseur et républicain. Cet être absurde, dénoncé et bafoué par tous les journaux honnêtes et par tous les hommes sérieux — cet animal qui croyait à la république tombée, à l'idéal écrasé — cet Anglais qui se permettait de trouver que Waterloo n'était peut-être pas le dernier mot de l'histoire — ce rêveur encore plus ridicule que scélérat s'est trouvé capable de réussir là où tout le monde venait d'échouer. Il ne lui suffisait plus de partager avec Coleridge la suprématie lyrique : il s'est proposé de le dépasser sur le terrain du théâtre. Ce grand poète venait de faire représenter, non sans succès, une tragédie morale et religieuse où toutes les qualités dramatiques brillaient par leur absence, mais où la faiblesse de la trame et la nullité des personnages faisaient ressortir l'éclat magique de quelques morceaux incomparables qui eussent fait honneur à Milton et que n'aurait pas désavoués Shakespeare. Évidemment, si quelqu'un devait faire mieux, ce ne pouvait être cet utopiste écervelé qui faisait hausser les épaules à tout le monde quand il ne faisait pas frémir d'horreur et reculer de dégoût tous les honnêtes gens du pays qui l'avait rejeté de son sein, tout en lui arrachant, de par la loi et au nom de la morale publique, la tutelle de ses deux enfants. Il venait encore de publier tout récemment un drame lyrique où se trouvaient entassées les unes sur les autres toutes les folies les plus extravagantes, toutes les chimères les plus immorales. Ce poème absurde et monstrueux, le *Prométhée délivré*, annonçait la fin de tous les dogmes, prédisait l'écroulement de tous les trônes, saluait l'éclosion de toutes les libertés, proclamait la disparition de tous les esclavages, réclamait l'apaisement de toutes les haines. Il va sans dire que la critique avait fait justice de ces turpitudes et de ces horreurs. Un cri de rage entrecoupé d'un éclat de rire venait de saluer l'apparition d'une pareille monstruosité. Pas de grâce pour les grands morceaux lyriques : au premier acte, c'était une malédiction jetée au Tout-Puissant acclamé des prêtres bourreaux, qui ne s'adressait évidemment pas au seul Jupiter antique : à la fin, c'était l'épithalame du ciel sans dieux et de la terre sans rois, c'était l'affirmation de cette idée diabolique qu'il n'existe rien de plus haut que le devoir, rien de plus saint que le dévouement, rien d'aussi juste que la miséricorde, rien d'aussi puissant que le droit qui souffre et qui pardonne.

Cette œuvre inqualifiable à peine terminée, le songe-creux qui venait de proférer toutes ces choses abominables se mit à écrire une tragédie; non pas, comme son ami Byron, une tragédie à la mode de Voltaire, une contrefaçon d'Alfieri qui pût lui mériter le titre glorieux du Campistron anglais : un drame à la façon de ce barbare de Shakespeare dont l'auteur de *Faliero* ne pouvait parler que l'écume à la bouche, en lui jetant des impertinences de collégien idiot. Et depuis Webster, le confrère et l'héritier de Shakespeare, jamais des vers pareils n'avaient retenti sur la scène anglaise. Ce n'est pas — il s'en faut bien — que le théâtre ait accueilli le drame que lui présentait Shelley. Une telle idée n'aurait pu germer que dans la cervelle détra quée de ce poete monomane. Les directeurs se signèrent d'horreur à cette proposition d'aliéné. Mettre sous les yeux d'une jeune femme tant soit peu respectable ce rôle effrayant de Béatrice Cenci ! Shelley dut se contenter de faire imprimer son chef-d'œuvre à Livourne.

Cependant il était impossible, même en 1819, qu'une pareille œuvre passât absolument inaperçue. Un journaliste pieux, mais anonyme — que j'en ai vu, de ces saints-là ! — fit savoir à ses abonnés qu'en lisant cette chose exécrable il avait cru voir s'ouvrir l'enfer, entendre les accents d'un damné. Rien de plus logique. Cette poésie infernale prêchait en effet la révolte contre la paternité tyrannique et corruptrice, non seulement des comtes Cenci, mais des Jéhovahs doublés de Moloch. Cette Béatrice ne se contentait pas de frapper un père incestueux et ravisseur ; elle s'en prenait à la Providence louche et féroce incarnée dans ces hommes d'église ou de loi qui laissent agir les tyrans et qui s'acharnent sur les vengeurs. Tout le drame se résume dans cette seule et sombre idée, le duel à mort d'une conscience immaculée et sévère avec la force infâme des choses et des hommes. Cette force peut la terrasser, la broyer, la fouler aux pieds, la traîner par toutes les fanges du crime, lui faire subir toutes les formes du martyre : elle n'en aura jamais raison. L'âme virginale et guerrière se relève toujours indomptée. On a reproché au poète d'avoir fait jaillir des lèvres de Béatrice, au cinquième acte, *ce cri monstrueux : Je veux vivre*. Une femme, a-t-on dit, qui a subi ce qu'avait subi cette jeune fille, ne saurait désirer que la mort. Mais, d'abord, ce sanglot suprême de l'âme qui se cramponne encore un instant à la vie, cette défaillance momentanée du courage qui venait d'affronter virilement toutes les sanglantes combinaisons de la torture ecclésiastique, c'est là un fait consigné dans les rapports de ce procès consultés par Shelley. Et puis, il n'y a là rien qui ressemble aux doléances pitoyables des héroïnes d'Euripide. Ce n'est que le cri d'une âme indignée plutôt qu'effrayée qui ne recule que devant le gouffre ouvert du néant et l'idée insupportable de retomber peut-être sous le joug de ce monstre tout-puissant qui avait fait de la vie humaine un enfer pour elle de tous les jours. Mais il ne faut à Béatrice qu'un instant pour se recueillir et retrouver son énergie de Titane avec sa douceur de femme aimante. Pour chacun des rares amis qui lui restent elle a quelque parole adorable de fière consolation. Shakespeare n'a rien écrit de plus doux ni de plus poignant que ses adieux au jeune frère qui seul ne va pas partager le sort de sa famille assassinée de par la loi cléricale. Tout, dans ce rôle merveilleux, — jusqu'à la chanson exquise et funèbre dont elle berce au cachot sa mère épuisée de souffrance — tout porte l'empreinte d'une douceur héroïque qui fait songer à Homère et à Shakespeare. Cette parole vibrante et sonore qui vient de flétrir la lâcheté de ses complices dont la fermeté chancelle et fléchit sous la douleur, et qui redevient, pour les consoler, tendre et fraîche comme un chant d'oiseau, ne cessera jamais de retentir au plus profond de nos cœurs. Devant cette figure suave et sublime, toute critique ennemie a depuis longtemps dû s'incliner et se taire.

Mais Cenci?

C'est ici que la critique se rattrape. Selon elle, cette figure épouvantable n'est qu'un masque vide et creux, qu'un porte-voix que le caprice impie et furibond d'un rêveur malsain vient emplir de blasphèmes sonores. On a beau lui rappeler que cet homme a vécu ; que le Saint-Siège l'a protégé, choyé, vengé ; que le vicaire du Dieu catholique lui a vendu en effet le droit de faire ce qui lui plairait, et qu'il en a profité pour outrager la nature de toutes les façons imaginables ; que le poète qui l'a mis en scène n'a pas voulu dévoiler — disons mieux, que ce poète n'a pas osé même indiquer — la centième partie de ses forfaits avérés ; pour les raisonneurs moralistes du nord, le comte Francesco Cenci, tel que l'a peint Shelley, reste toujours impossible. C'est le tyran idéal, soit ; ce n'est point un être actuel, un homme de chair et de sang.

En effet, il y a peut-être dans ces réclamations un petit point de vérité. On ne se figure pas aisément un monstre aussi poète que ce vieillard effroyable. Dans cette bouche écumante de rage luxurieuse, Shelley a mis des accents, des imprécations, des élans dignes de Job ou de Prométhée. Le réalisme ne ferait que gagner à la suppression de ces magnificences incroyables.

Mais, franchement, se figure-t-on ce que ce serait qu'un Cenci mis en scène tout nu, selon le programme réaliste? Otez-lui cette pourpre étincelante, ce manteau de prophète maniaque — arrachez-lui cette couronne de poésie sombre et radieuse — la chose qui restera ferait reculer, je ne dis pas les poètes, mais les agents de police correctionnelle. D'ailleurs, est-il donc impossible qu'un monstre ait des éclairs de génie? César Borgia et Bonaparte Ier, incestueux en famille et meurtriers en politique, n'en manquaient précisément pas. Pierre le Grand, qui viola sa nièce presque aux yeux de son mari complaisant, en avait de quoi suffire à toute une dynastie impériale. Francesco Cenci, empereur et roi lui aussi à sa façon, peut bien en avoir assez pour le rendre supportable au spectateur qui doit contempler en idée ce colosse éblouissant du crime.

Voici un homme qui commande aux autres hommes par le moyen de leur lâcheté et à Dieu par le moyen de son intérêt. Il a Dieu dans sa poche et l'humanité sous son talon. Il domine tout son monde, ayant pour lui l'or et la religion. Il est franchement dévot; il serait bien bête de se refuser des jouissances qui conduiraient naturellement tout droit en enfer un athée ou même un catholique pauvre. Est-ce sa faute à lui si ses sens émoussés ne prennent plus plaisir aux voluptés mielleuses dont s'abreuvait sa jeunesse? Vraiment, il faut être d'une impudence bien endurcie pour venir reprocher à un homme ses goûts particuliers. Est-il donc possible que lui, par exemple, il se contente des douceurs fades de l'amour sensuel? Est-ce qu'on peut passer sa vie à manger du miel, à sucer des fleurs comme une abeille? Et cependant, avant de tuer un ennemi et d'entendre ses gémissements et les gémissements de ses enfants, il ne concevait pas qu'on pût trouver d'autres jouissances sur cette terre. Maintenant ce n'est plus le sang versé, le supplice rapide, la torture passagère et toute charnelle, qui puisse rassasier son appétit énorme. C'est au cœur qu'il s'en prend, c'est l'âme qu'il veut mettre au chevalet, c'est l'esprit humain, c'est la conscience intime qu'il veut faire saigner sous les coups de fouet réitérés de sa tyrannie infatigable, de sa luxure inépuisable et sanglante.

Il est certain que ce jeune freluquet de Néron n'est plus qu'un pauvre petit tyran assez inoffensif à côté de ce vieillard orthodoxe et satisfait. Car, à tout prendre, c'est un homme heureux, content de soi-même et des autres, que le digne et vénérable seigneur qui vient de faire à son ami intime cet exposé de son for intérieur. Néron avait peut-être des accès de tristesse, des moments sombres où le doute, sinon même la peur, se mêlait à son invincible ennui; il n'est pas avéré que Néron n'ait jamais senti la piqûre du remords; ce malheureux païen ne voyait naturellement devant lui que le Tartare ou bien le néant; sa figure bouffie, aux traits alourdis, est toute chargée d'une mélancolie féroce. Néron ne pouvait être sûr de n'avoir pas contre lui les maîtres suprêmes; il n'avait pas, lui, cette ressource admirable et toute catholique de graisser la patte à Dieu.

Cenci, plus éclairé, ne voit devant lui qu'un juge qui tend la main en souriant, qui lui achète un terrain au prix d'un pardon, qui lui cède pour un peu d'or le droit d'un assassinat ou d'un inceste; il serait donc bien bon de se gêner. Pour

un esprit imbu de cette foi rassurante et consolatrice, est-ce qu'il y a des droits ou des devoirs, des raisons de s'abstenir ou de se repentir? Voici donc un homme né dur et sensuel, féroce et lascif; la société l'a formé, la religion l'a perfectionné : c'est un être complet, monstrueux comme un dieu; c'est un tout-puissant rassasié de tout, auquel il ne reste rien d'inépuisé hors un seul appétit, que rien n'assouvira jamais : la haine : le désir immense de faire le mal; la volupté profonde de corrompre en faisant souffrir, de faire souffrir en corrompant. Cet homme se connaît à fond; il aime à se contempler; il jette à la tête de ses convives tout ce qu'il a dans l'âme de fureur et de convoitise et de joie, comme il leur jetterait à la figure la lie d'une coupe vidée, sachant bien que pas un n'osera lui recracher ses affronts. Un seul être va se lever en face de cette toute-puissance rieuse et meurtrière : sa propre fille le dénonce et lui impose pour un instant silence; il s'en venge par le plus inexprimable de tous les forfaits, le seul qui lui restât à commettre. Shelley, dans son admirable préface, a déclaré, avec une éloquence digne de Victor Hugo, que la victime de cet attentat « eût été plus sage et meilleure » en s'abstenant de toute espèce de représailles, en se contentant de souffrir et de pardonner ; il a proclamé l'inviolabilité de la vie humaine incarnée dans Francesco Cenci, comme le plus grand poète de la génération suivante devait proclamer l'inviolabilité de la vie humaine incarnée dans Louis Bonaparte. Pour moi, je dois l'avouer, il me serait aussi facile de croire à l'infaillibilité de Clément VIII et de Pie IX qu'à cette inviolabilité-là. Il y aura toujours, comme il y a toujours eu, des êtres humains envers lesquels l'humanité n'a qu'un seul devoir : les supprimer, les exterminer, les anéantir ; sinon de par la loi, de par l'arrêt de la conscience universelle. Ayant en elle cette foi profonde, Béatrice rend à l'enfer ce qui est à l'enfer — l'âme du comte Francesco Cenci.

Il était bien temps. Le dernier monologue du vieillard, où il invoque la conscience pour la fouler aux pieds en raillant, l'enfer pour s'associer à la joie énorme qui va faire trembler ses voûtes au son du rire immense et triomphal des démons, c'est le défi suprême qui provoque d'en bas le tonnerre oublieux.

Trente ans après la publication des *Cenci*, un poète illustre, né dix-sept ans avant Shelley, a voulu remanier ce sujet d'une façon plus actuelle et moins idéaliste. Républicain et libre-penseur lui aussi, Walter Savage Landor avait à son insu inspiré et raffermi par ses premières poésies l'âme et le génie du collégien qui devait écrire le *Prométhée délivré*. (Plus d'un demi-siècle après, un autre jeune homme qui aspirait à se montrer poète est allé remercier le même grand écrivain, alors âgé de quatre-vingt-neuf ans, d'avoir fait pour lui la même chose.) Homme intrépide entre tous, ayant tous les genres de courage, Landor, qui ne reculait pas facilement, dut pourtant reculer devant la tâche de mettre à nu le crime suprême du père de Béatrice Cenci. « Un autre, a-t-il dit, osa passer par là ; moi, je ne l'ai pas osé. » En lisant ses cinq scènes magnifiques, on sent que les choses ont dû probablement s'arranger de cette façon plutôt que de la façon indiquée par Shelley. Cenci, en homme avisé, commence par consulter son directeur au sujet du forfait qu'il prémédite. Il n'a pas besoin de mettre les points sur les i ; ces deux saints hommes se comprennent à demi-mot. Le directeur doit avouer que la pensée même d'une pareille chose « le confond et le stupéfie ». Cela ne peut que coûter cher, très cher même. Cependant, — enfin, — « s'il vous faut absolument la pêche, — eh bien! cueillez la pêche ; mais, franchement, vous feriez mieux d'y renoncer. » Et ce Tartuffe tragique s'en va. Cenci, resté seul, repasse dans son esprit les arguments infaillibles qui viennent de lui démontrer ce fait salutaire, qu'un crime absous de par Sa Sainteté ne saurait en aucune façon endommager son âme à lui Cenci ; que, cette absolution une fois achetée, le reste ne saurait regarder que celui qui s'en sera rendu garant. Cela posé, cet affamé sinistre s'en va tout naturellement « cueillir la pêche » en pleine sécurité de conscience. Voilà sans doute un être plus humain et plus vraisemblable que le forcené titanique dont on entend gronder et tonner la parole foudroyante dans le vers éclatant et sonore de Shelley. Mais, je le répète, ce Cenci-là, logiquement développé par l'évolution d'un drame complet qui se déroulerait sous l'influence de sa volonté, serait insupportable, même aux « naturalistes » les plus engoués d'abomination et de laideur. Aussi Landor n'a-t-il voulu le ramener en scène qu'une fois de plus, et cela avant l'accomplissement du forfait qui doit écraser l'existence de sa fille jusqu'alors insouciante et heureuse. Le martyre de la pauvre enfant assassinée lentement par les bourreaux ecclésiastiques est plus poignant chez Landor que chez Shelley. Mais ce sera toujours à ce dernier — ce sera toujours au plus grand poète lyrique de l'Angleterre — que l'on songera en entendant prononcer ce nom d'une fascination si lugubre et si douce — le nom de Béatrice Cenci.

Il va sans dire qu'on a fait de la renommée inattaquable de Shelley comme poète lyrique une arme pour l'attaquer du côté dramatique. Cette espèce de critique n'a jamais valu et ne vaudra jamais la peine qu'on lui donne en passant le coup de pied qu'elle sollicite. *Sic fuit, est, et erit.* Mais il est néanmoins digne de remarque que le chef-d'œuvre avoué, le chef-d'œuvre incomparable du drame anglais au XIXe siècle ait été l'œuvre d'un poète lyrique que le seul Coleridge, entre tous ses compatriotes les plus illustres, a pu deux ou trois fois égaler ou dépasser. Shelley, le moins égoïste des hommes, a eu beau s'incliner un instant devant les prétentions bruyantes et populaires de Byron, le temps a définitivement remis à leurs places l'homme généreux et l'homme envieux. Otez à Byron son enjouement cynique et son éloquence sentimentale, mélange inégal de Louvet et de Rousseau, — ôtez-lui sa puissance d'imagination satirique, ses nobles élans révolutionnaires et ses grandes qualités de combattant, — il ne restera de ce géant manqué qu'un poète de troisième ordre, le moins viril et le plus égoïste des hommes de lettres. Otez à Shelley sa foi sublime, son dévouement héroïque, son amour du droit et de l'idéal, il sera toujours un des plus grands poètes de tous les siècles.

Il est juste que ce soit la noble main d'une femme poète et républicaine qui ait entrepris si vaillamment et si bien mené à bout cette tâche glorieuse et fraternelle de faire connaître à la patrie de Victor Hugo le génie de Percy Bysshe Shelley. Je voudrais être plus digne de la féliciter et de la remercier d'un bienfait qui devrait faire de deux grands peuples ses débiteurs émus et reconnaissants.

ALGERNON CHARLES SWINBURNE.

LES CENCI

DRAME EN CINQ ACTES, EN VERS.

PERSONNAGES.

Le comte FRANCESCO CENCI.

GIACOMO, } ses fils.
BERNARDO, }

Le cardinal CAMILLO.

ORSINO, prélat.

SAVELLA, legat du pape.

OLIMPIO, } assassins.
MARZIO, }

LUCRETIA, femme de Cenci et belle-mere de ses enfants.

BÉATRICE, fille de Cenci.

ANDRÉA, serviteur.

NOBLES, JUGES, GARDES, SERVITEURS.

La scène est à Rome, sauf au IVe acte qui se passe au château de Pétrella, dans les Apennins d'Apulie.

Époque : pendant le pontificat de Clément VIII.

LES CENCI

ACTE Ier

SCÈNE PREMIÈRE.

Un appartement dans le palais Cenci.
(Entrent le comte Cenci et le cardinal Camillo.)

CAMILLO.

CETTE affaire du meurtre est étouffée — si vous consentez à céder à Sa Sainteté — votre fief qui s'étend au delà de la porte du Pincio. — Il a fallu toute mon influence sur le conclave — pour amener le Pape à ce point : il disait que vous — achetiez avec votre or une impunité périlleuse ; — que transiger si souvent sur des crimes tels que les vôtres — c'était bien enrichir l'Église et donner un répit de l'enfer — à une âme coupable, pour lui laisser le temps de se repentir et de vivre ; — mais que la gloire et l'intérêt — du trône exalté qu'il occupe ne consistaient guère — à se faire marchander quotidiennement par des attentats — aussi nombreux et aussi terribles que ceux — que vous avez peine à cacher aux yeux révoltés des hommes.

CENCI.

Le tiers de ce que je possède ! Allons ! il faut s'y résigner ! — Oui, j'ai ouï dire une fois qu'un neveu du Pape — avait envoyé son architecte examiner le terrain, — ayant l'intention de bâtir une villa dans mes vignes — la première fois que nous ferions un accommodement avec son oncle. — Je ne pensais pas être ainsi sa dupe ! — Dorénavant, aucun témoin, pas même la lampe ! — ne verra ce que cet esclave a essayé de divulguer. — Il a eu sa récompense : sa gorge est pleine de terre. — L'acte qu'il vit accomplir ne pouvait pas être estimé plus cher — que sa très misérable existence ! Un répit de l'enfer ! Cela m'enrage. — Ainsi puisse le Diable donner à leurs âmes un semblable répit du ciel ! Sans nul doute, le pape Clément — et ses neveux très charitables prient — l'apôtre Pierre et les saints — d'accorder pour l'amour d'eux que je jouisse longtemps — de ma force, de mes richesses, de ma santé, de ma luxure ! Ils les supplient de me garder une longueur de jours — dans lesquels je puisse commettre les actes qui sont les pourvoyeurs — de leurs revenus! Mais beaucoup de choses me restent encore — à quoi ils ne peuvent prétendre.

CAMILLO.

Oh! comte Cenci! il te reste assez pour que tu puisses vivre honorablement — et te réconcilier avec ton propre cœur, — et avec ton Dieu, et avec le monde offensé par toi. — Que les actes de luxure et de sang — paraissent hideux à travers de vénérables cheveux de neige! — Vos enfants devraient être assis autour de vous à présent; — mais vous craignez de lire dans leurs regards la honte et le désespoir que vous y avez imprimés! — Où est votre femme? Où est votre douce fille? — On aurait pu croire que la suave lumière de ses yeux, qui rend toutes les choses — belles et joyeuses autour d'elle, aurait tué le démon en vous. — Pourquoi est-elle exclue de toute société, — excepté de celle que lui font ses maux étranges, qui ne se plaignent jamais? — Parlez-moi, comte; vous savez que je vous veux du bien. — Je fus le témoin de votre sombre et fougueuse jeunesse, — observant son cours emporté et criminel, comme les humains — observent les météores, mais il ne s'est pas évanoui comme eux. J'ai assisté — à votre âge viril qui fut sans remords et sans frein; à présent, — je vous vois dans votre vieillesse déshonorée, — chargé d'un millier de crimes non repentis, — et pourtant j'espérais toujours que vous vous amenderiez, — et dans cet espoir j'ai sauvé votre vie trois fois.

CENCI.

Et voilà pourquoi Aldobrandino vous doit — aujourd'hui mon fief au delà du Pincio? Cardinal, — une chose, je vous prie! A l'avenir, gravez dans votre mémoire ceci, — et nous pourrons converser avec moins de gêne. — Un homme que vous connaissez me parla de ma femme et de ma fille; — il avait l'habitude de fréquenter ma maison. — Le jour suivant, sa femme et sa fille, à lui, vinrent — me demander si je l'avais vu, et je souris. — Je crois qu'elles ne le virent plus jamais.

CAMILLO.

Homme exécrable, prends garde!

CENCI.

A toi? — Bah! ceci est puéril! nous devrions nous connaître l'un l'autre. — Quant à ce que le monde appelle mes crimes, — parce qu'il me voit satisfaire à mes sens comme je l'entends — et justifier ce droit par la force ou la ruse, — c'est une matière de discussion publique et il m'est indifférent — d'en parler avec vous. Je puis m'en ouvrir à vous comme à ma plus intime conscience, — car vous vous vantez de m'avoir à moitié converti. — Donc une robuste vanité vous forcerait au silence, — si la crainte n'y suffisait.

Aussi je compte sur les deux pour cela. — Tous les hommes se délectent dans la vengeance, et la plupart exultent principalement — à voir des tortures qu'eux-mêmes ne ressentirent jamais, — flattant leur propre quiétude avec le mal d'autrui. — Mais moi, je ne connais pas d'autres délices : j'aime ardemment — la vue de l'agonie et la sensation de la joie, — lorsque l'agonie est celle d'un autre et la joie mienne. — Et je n'ai pas de remords et très peu de crainte, — ce qui est, je présume, le frein des autres hommes. — Cette humeur a grandi en moi, à tel point qu'à présent — tout projet que forme ma pensée insidieuse, — toute image de son désir (et elle n'en forme aucun — qui ne fasse frémir des gens tels que vous), — est pour moi comme la privation de pain et de sommeil, — jusqu'à son accomplissement.

CAMILLO.

N'es-tu pas — bien profondément malheureux ?

CENCI.

Pourquoi malheureux ? — Non. Je suis ce que vous, théologiens, appelez — un endurci, et vous autres, vous devez l'être en impudence — pour oser vilipender les goûts particuliers d'un homme ! — C'est vrai, j'étais plus heureux que je ne le suis, — alors que j'avais encore la force virile d'exécuter la chose que je pensais. — En ce temps-là, la volupté m'était plus douce que la vengeance; mais, maintenant, — mon imagination se blase :

oui, nous devons tous vieillir! — et s'il ne me restait encore à accomplir un acte — dont l'horreur pourrait aiguiser un appétit — plus émoussé que le mien, je ferais... je ne sais quoi! — Quand j'étais jeune, je ne pensais à rien autre — qu'au plaisir; je me nourrissais de douceurs et de miel : — les hommes, par saint Thomas! ne peuvent vivre comme des abeilles, — et je me suis lassé — de fadeurs. Pourtant, jusqu'au moment où je tuai un ennemi — et entendis ses cris, avec les cris de ses enfants, — je ne connaissais pas sur terre d'autres délices — que celles qui à présent me charment bien peu. Je préfère contempler des angoisses que la terreur dissimule à peine : — comme la prunelle fixe et sèche, la lèvre pâle et frémissante, — qui révèle que l'âme pleure au dedans — des larmes plus amères que la sueur sanglante du Christ. — Je tue rarement le corps qui détient — comme une forte prison l'âme dans mon pouvoir, — et je l'y nourris du souffle de l'épouvante; — heure par heure, je lui verse l'angoisse.

CAMILLO.

Le dernier des démons de l'enfer, — jamais dans l'ivresse de sa malignité — n'a parlé à son cœur comme vous me parlez à moi en cet instant. — Je rends grâces à mon Dieu de ce que je ne vous crois pas.

(Entre Andréa.)

ANDRÉA.

Monseigneur, un gentilhomme de Salamanque — voudrait vous parler.

CENCI.

Dites-lui de m'attendre dans le grand salon.

CAMILLO.

Adieu. Je vais prier — le Dieu tout-puissant que tes paroles fausses et impies — n'induisent pas son esprit à t'abandonner.

(Il sort.)

CENCI.

Le tiers de mon avoir! Je dois m'astreindre — désormais à une économie étroite, ou sinon, l'or, ce glaive du vieillard, — tombera de ma main flétrie. Hier encore — me vint du Pape un ordre de faire — quadruple provision à mes fils maudits, — que j'avais envoyés de Rome à Salamanque, — espérant qu'ils seraient fauchés par quelque événement fortuit, — et dans l'intention, si je le pouvais, de les faire mourir de faim là-bas. — Je te prie, puissant Dieu, de leur envoyer une mort rapide! — Pour ce qui regarde Bernardo et ma femme, ils ne sauraient être plus malheureux qu'ils ne le sont, — fussent-ils morts et damnés; et quant à ce qui est de Béatrice... — (Regardant autour de lui avec soupçon.) Je crois qu'on ne peut m'entendre à cette porte? — Et quand même on m'entendrait... — Pourtant je n'aurais pas besoin de parler, — mais le cœur triomphe à éclater en paroles. — O toi, air silencieux, tu n'entendras pas — ce que je pense en cet instant! Vous, pavés que je foule — pour aller à sa chambre, que vos échos reparlent — de mon pas impérieux, qui dédaigne toute surprise, — mais non de mon dessein secret! Andréa!

(Entre Andréa.)

ANDRÉA.

Monseigneur!

CENCI.

Dites à Béatrice de m'attendre dans sa chambre — ce soir.... non, à minuit, et seule...

SCÈNE II.

Un jardin du palais Cenci.
(Entrent Béatrice et Orsino, causant.)

BÉATRICE.

N'altérez point la vérité, — Orsino. Vous vous rappelez où — nous eûmes cette conversation, — et tenez! nous en voyons l'endroit — d'ici, de ce cyprès. Deux longues années sont passées — depuis qu'à un minuit d'avril, sous — les ruines du mont Palatin éclairées par la lune, je vous confessai ma secrète pensée.

ORSINO.

Vous disiez que vous m'aimiez alors.

BÉATRICE.

Vous êtes un prêtre : — ne me parlez point d'amour.

ORSINO.

Je peux obtenir — une dispense du Pape pour me marier. — Parce que je suis prêtre, croyez-vous — que votre image ne me poursuit pas, comme un chasseur le cerf qu'il a blessé, — dans mon sommeil et dans mes veilles?

BÉATRICE.

Ainsi que je l'ai dit, ne me parlez pas d'amour. — Quand vous auriez une dispense, je n'en ai pas, moi. — Et je ne quitterai point cette demeure de misère, — tant que mon pauvre Bernardo et cette douce femme — à qui je dois la vie avec mes vertueuses pensées — devront souffrir ce que j'ai encore la force de partager avec eux. — Hélas! Orsino, tout l'amour que naguère — je ressentais pour vous est changé en amère douleur : — notre serment fut un serment de jeunesse, que vous avez brisé — le premier, en vous engageant par des vœux que nul pape ne peut délier. — Et pourtant je vous aime encore, mais saintement, — comme une sœur ou un pur esprit pourrait vous aimer. — Je vous jure une froide fidélité, — et il est peut-être bien que nous ne puissions nous marier. — Vous avez en vous une disposition à la ruse et à l'équivoque — qui ne me convient pas. O misérable que je suis! — Où me tourner? En ce moment même vous me regardez — comme si vous n'étiez pas mon ami, et comme si vous — aviez découvert que je le sais; et par des sourires faux — vous interprétez mon juste soupçon en une injustice pour vous. — Mais non! pardonnez-moi; la douleur me fait paraître — plus cruelle que je ne le suis de ma nature. — J'ai un poids de lugubres pensées : — elles sont pleines de pressentiments... mais que pourraient-elles me prédire — de pis que ce que je supporte à présent?

ORSINO.

Tout sera bien. — La pétition est-elle préparée? Vous savez — mon zèle pour tous vos désirs, chère Béatrice: — ne doutez pas que je ne fasse tous mes efforts — pour que le Pape écoute votre plainte.

BÉATRICE.

Votre zèle pour tous mes desirs? Oh! vous êtes froid. — Tous vos efforts? Dites un seul mot... (A part.) Helas! — Créature faible et abandonnée que je suis! — Voilà que je cherche querelle à mon unique ami! — (A Orsino.) Cette nuit, mon pere donne un somptueux festin. — Orsino. Il a reçu des nouvelles heureuses — de Salamanque, de mes frères qui sont là-bas, — et par cette ostentation d'amour il raille — sa haine secrete. C'est une hypocrisie audacieuse! — car sa joie à lui serais plutôt de celebrer leurs morts, — que je lui ai entendu demander à genoux! — Grand Dieu! qu'un tel père soit le mien!... — Mais de grands préparatifs ont été faits: — tous nos parents, les Cenci, seront là, — et toute la haute noblesse de Rome. — Et il nous a ordonné, à moi et à ma pâle mère, — de nous parer de nos habits de fête. — Pauvre dame! cet acte lui fait espérer qu'il surviendra quelque heureux changement — dans son esprit sombre; moi, je n'attends rien. — A souper, je vous donnerai cette supplique. — Adieu jusque-là.

ORSINO.

Adieu. (Béatrice sort.) Je sais que le Saint-Père — jamais ne me relèvera de mon vœu de prêtrise — sans me relever aussi du riche revenu — de plusieurs sièges; mais toi, Béatrice, — je crois t'acquérir à un meilleur compte. — Oh non! le Pape ne lira pas son éloquent placet! — Il serait capable de la donner à quelque parent pauvre — de son sixième cousin, comme il fit de sa sœur. — Alors je n'aurais plus aucune communication avec elle. — Pour ce qui est des souffrances qu'elle endure de son père, — dans tout cela il y a beaucoup d'exagération : — les vieillards sont capricieux et aiment à faire leur volonté. — Un homme peut poignarder son ennemi ou son vassal, — et se donner libre carrière à l'égard du vin et des femmes; — il peut revenir plein d'une humeur aigre — à son foyer maussade et quereller sa femme et ses enfants : — les femmes et les filles appellent cela une tyrannie odieuse. — Bah! je serai très content si sur ma conscience — ne pèse jamais plus lourd péché que ce qu'elle souffre — des ruses de mon amour, ce filet — duquel elle ne s'échappera point. Pourtant j'appréhende — son esprit subtil, son regard qui inspire la crainte — et dont les rayons semblent me fouiller les fibres, — me mettent à nu et me font rougir — de voir mes pensées secrètes ! Oh non ! Une enfant sans ami, — qui s'attache à moi comme à son seul espoir... — je serais un insensé, pareil pour le moins à une panthère que frapperait de panique l'œil d'une gazelle, — si je la laissais échapper ! (Il sort.)

SCÈNE III.

Une salle magnifique dans le palais Cenci. Un banquet. (Entrent Cenci, Lucrétia, Béatrice, Orsino, Camillo, Nobles, Convives.)

CENCI.

Salut, mes amis et parents ; salut à vous, — princes et cardinaux, piliers de notre Église, — et de qui la présence honore cette fête. — J'ai trop longtemps vécu comme un anachorète, — et durant mon éloignement de vos joyeuses réunions — des paroles malveillantes ont été prononcées contre moi. — Mais je dois espérer que vous, mes nobles amis, — quand vous aurez partagé le festin que je donne ici — et appris pour quelle pieuse cause je vous y convie, — quand nous aurons bu ensemble quelques santés, — vous penserez que je suis fait de chair et de sang aussi bien que vous-mêmes ; — pécheur sans doute, car tels Adam nous a faits tous, — mais doux de cœur, humble et compatissant.

PREMIER CONVIVE.

En vérité, monseigneur, vous semblez trop léger de

cœur, — trop gai, trop bon compagnon, — pour commettre les actes que la rumeur vous prête. (Aux autres.) — Jamais je ne vis accueil plus franc et plus joyeux — dans aucun regard !

DEUXIÈME CONVIVE.

Quelque événement désiré auquel nous demandons à prendre part dans une commune joie — nous a amenés ici ; faites-nous le savoir, comte.

CENCI.

Lorsqu'un père, du fond de son cœur de père, — ayant élevé, de ce monde, vers le Père suprême de tous, — une prière le soir avant de s'endormir, — et encore le matin en s'arrachant des rêves qui lui en parlent, — une supplication, un désir, l'espérance — qu'il accordera à ses deux fils le seul bienfait qu'il demande pour eux... — c'est un événement bien désirable, en effet, — que soudain, au delà de son plus cher espoir, — son vœu se trouve accompli. Ne doit-il pas se réjouir — et appeler ses amis et parents à quelque festin, — en demandant à leur affection de venir rehausser son allégresse ? — Honorez-moi ainsi, car je suis ce père.

BÉATRICE, à Lucrétia.

Grand Dieu ! c'est horrible ! quelque affreux malheur — a dû arriver à mes frères.

LUCRÉTIA.

Ne crains rien, enfant; — il parle avec trop de franchise.

BÉATRICE.

Ah! mon sang se fige! — Je crains ce rire cruel autour de ses yeux, — qui ride jusqu'aux cheveux la peau de ses tempes.

CENCI.

Voilà les lettres venues de Salamanque. — Béatrice, lisez-les à votre mère. Dieu, — je te remercie! En une nuit tu exauces — dans tes impénétrables desseins tout ce que je souhaite. — Mes fils désobéissants, mes fils rebelles — sont morts! Oui, morts. Pourquoi changez-vous de visage? — Vous ne m'entendez pas? je vous dis qu'ils sont morts, — et n'auront plus besoin de nourriture ni de vêtements. — Les cierges qui ont éclairé leur sombre voie — sont leur dernière dépense. Le Pape, je pense, n'attendra pas de moi — que je les entretienne dans leurs cercueils! — Réjouissez-vous avec moi, mon cœur est prodigieusement content.

BÉATRICE. (Lucrétia s'affaisse à demi. Béatrice la soutient.)

Ce n'est pas vrai! chère dame, levez les yeux, je vous prie. — Si c'était vrai... il y a un Dieu au ciel! — cet homme ne vivrait pas pour se vanter d'un tel bienfait. — Homme dénaturé, tu sais que c'est faux!

CENCI.

Oui, comme la parole de Dieu, à qui j'en appelle ici — pour témoigner que j'ai dit la sobre vérité, — et de qui la Providence tutélaire éclata — jusque dans la manière de leurs morts. Car Rocco — était à la messe, lui seizième, — quand l'église s'écroula et l'écrasa, faisant de lui une momie. — Les autres échappèrent. Cristofano — reçut par erreur un coup de poignard d'un jaloux — pendant que celle qu'il aimait dormait avec son rival — à la même heure de la même nuit; — ce qui démontre que le Ciel a un soin spécial de moi. — Je prie les amis qui m'aiment de marquer — ce jour comme une fête sur leur calendrier : — c'était le 27 de décembre. — Oui, oui, lisez les lettres, si vous mettez en doute mon serment.

(L'assemblée paraît confuse ; quelques-uns des convives se lèvent.)

PREMIER CONVIVE.

Oh! horrible! Je m'en irai!

DEUXIÈME CONVIVE.

Et moi!

TROISIÈME CONVIVE.

Non, arrêtez; — je suis persuadé que c'est quelque plaisanterie. Bien que, sur ma foi, — ce soit plaisanter un peu lugubrement. — Je croirais plutôt que son fils a épousé une Infante — ou trouvé une mine d'or dans l'Eldorado. — C'est pour nous préparer à quelque surprise de ce genre. Attendez, attendez! — Je vois par son sourire qu'il nous raille.

CENCI, *remplissant une coupe de vin et la soulevant.*

O toi, étincelante liqueur, dont la pourpre splendide ruisselle et bondit — et écume joyeusement dans cette coupe d'or — sous les lumières des lampes, comme fait mon cœur palpitant — en apprenant la mort de mes fils maudits! — Si je pouvais croire que tu étais le mélange de leur sang, — alors je te goûterais comme l'Eucharistie! — et je boirais au Diable puissant de l'enfer, — qui triomphe de mon triomphe, si comme les hommes l'assurent, les malédictions d'un père — avec des ailes rapides volent sur la trace des âmes de leurs enfants, — et les arrachent du trône même de Dieu! — Mais tu es superflu! J'ai bu profondément la joie, — et ne veux toucher à aucun autre vin ce soir. — Ici, Andréa! Fais circuler la coupe!

UN CONVIVE, *se levant.*

O misérable! — Personne ici, de toute cette noble compagnie, — n'arrêtera-t-il ce monstre perdu!

CAMILLO.

Pour l'amour de Dieu, — laissez-moi congédier vos hôtes! Vous êtes fou! — Quelque malheur sortira de tout ceci.

DEUXIÈME CONVIVE.

Saisissez-le, faites-le taire!

PREMIER CONVIVE.

Oui, je vais le faire!

TROISIÈME CONVIVE.

Et moi!

CENCI, s'adressant à ceux qui se lèvent menaçants.

Qui bouge? qui parle? (Se tournant vers les autres.) Ce n'est rien! — Amusez-vous. Prenez garde! Car ma vengeance — est comme l'arrêt scellé d'un roi : — elle tue, et nul n'ose nommer le meurtrier!

(Les convives se dispersent.)

BÉATRICE.

Je vous supplie, ne partez pas, nobles convives. — Quoi! parce que la haine et la tyrannie se couvrent des cheveux blancs d'un père; — quoi, parce que c'est lui qui jadis nous revêtit de nos membres, — il les torture à présent, et triomphe? Quoi, parce que nous, — les morts et les désolés, sommes sa propre chair, — ses enfants et sa femme, qu'il est tenu — d'aimer et de protéger, à cause de cela ne trouverons-nous aucun refuge dans ce monde sans limites et sans pitié? — Oh! pensez quels griefs terribles il a fallu pour effacer — d'abord l'amour et puis la vénération dans l'âme malléable d'une enfant, — jusqu'à en arracher la honte et la crainte! Oh! pensez! — J'ai supporté beaucoup et j'ai baisé la main sacrée — qui nous pliait contre la terre, et j'ai cru que ses coups — étaient peut-être quelque châtiment paternel! — J'ai toujours excusé, douté; et quand aucun doute — ne me resta, j'ai cherché par de la patience, par de l'amour et des larmes — à l'attendrir; et quand ceci fut impossible, — je me suis agenouillée durant de longues nuits sans sommeil, — et j'ai élevé vers Dieu, le père de tous, — des prières passionnées; et quand ces prières ne furent pas écoutées — j'ai patienté encore, jusqu'à ce moment même où je vous rencontre ici, — princes et parents, à ce festin hideux, — donné pour célébrer la mort de mes deux frères. Il n'en reste plus que deux, — et nous restons aussi, sa femme et moi, et si vous ne nous sauvez pas, — vous pourrez bientôt assister de nouveau aux réjouissances que font — les pères sur les tombes de leurs enfants. — O prince Colonna! tu es notre proche parent; — cardinal, tu es le chambellan du Pape; — Camillo, tu es grand justicier : emmenez-nous d'ici!

CENCI. (Il a conversé avec Camillo durant la première partie des paroles de Béatrice; il en entend la conclusion et s'avance.)

J'espère que mes bons amis ici présents — penseront à leurs propres filles ou peut-être à leurs propres gorges, avant de prêter l'oreille — aux dires de cette fille en démence.

BÉATRICE, sans écouter Cenci.

Personne n'ose-t-il me regarder? — Personne n'ose-t-il répondre? Un seul tyran peut-il être plus fort que le bon sens de toute une assemblée — d'hommes sages et vertueux! — Ou bien est-ce parce que je ne sais pas plaider en observant quelque formule — d'une loi scrupuleuse, que vous me refusez ma demande? — O Dieu! que ne suis-je enterrée avec mes frères! — Pourquoi les fleurs de ce printemps qui s'éteint — ne se fanent-elles pas sur ma tombe? Ah! mon père — célébrerait alors un seul festin pour nous tous!

CAMILLO.

C'est un vœu bien amer pour quelqu'un d'aussi doux et d'aussi jeune. — Ne pouvons-nous rien faire?

COLONNA.

Rien que je sache. — Le comte Cenci serait un dangereux ennemi. — Pourtant j'aiderais à qui l'attaquerait.

UN CARDINAL.

Et moi.

CENCI.

Retire-toi dans ta chambre, fille insolente.

BÉATRICE.

C'est à toi de te retirer, homme impie! Oui, cache-toi — où jamais œil ne te verra plus! — Voudrais-tu avoir notre respect et notre obéissance, — toi, qui es un bourreau? Père, sois bien persuadé, — quand même tu pourrais intimider toute cette assemblée, — que rien ne peut sortir du mal que le mal. Ne me regarde pas ainsi: ne fronce pas tes sourcils, — hâte-toi de te cacher, pour que les regards vengeurs — des esprits de mes deux frères ne te chassent pas de ton siége. —

Cache ta face à tout œil vivant! — Frémis à chaque pas humain, — va trouver quelque coin sombre et silencieux : là, — prosterne ta tête blanche devant ton Dieu offensé! — Et nous, agenouillés autour de toi, nous le prierons avec ferveur — qu'il ait pitié de nous-mêmes et de toi.

CENCI.

Mes amis, je me désole que cette fille insensée — ait gâté la joie de notre fête. — Bonne nuit. Adieu. Je ne vous ferai pas plus longtemps — les spectateurs de nos maussades querelles de famille. — A une autre fois! (Tous sortent, excepté Cenci et Béatrice.) Ma tête tourne. — Donne-moi une coupe de vin! (A Béatrice.) Vipère peinte! — Brute que tu es! Belle, et pourtant terrible! — Je connais un charme qui te fera douce et domptée. — A présent, hors de ma vue! (Béatrice sort.) Ici, Andréa! — Emplis de vin grec cette coupe. J'ai dit — que je ne boirai pas ce soir; cependant je boirai. — Car, c'est étrange à dire, mais je sens mes esprits faiblir, — en pensant à ce que j'ai résolu de faire. — Sois à cette heure, ô vin, dans mes veines — la volonté rapide de la jeunesse, la force austère de l'âge mûr et la malignité subtile, froide et ferme de la vieillesse! — Sois comme si tu étais vraiment le sang de mes fils — dont j'ai eu soif de boire! Le charme agit. — Cela doit être fait. Ce sera fait, je le jure! (Il sort.)

FIN DU PREMIER ACTE.

ACTE II

SCÈNE PREMIÈRE.

Un appartement dans le palais Cenci.
(Entrent Lucretia et Bernardo.)

LUCRÉTIA.

E pleure pas, mon doux enfant : il n'a frappé que moi, — qui ai subi de plus cruelles injures. En vérité, s'il m'avait tuée, il aurait fait une action plus charitable. — O toi, Dieu tout-puissant, jette tes regards sur nous : — nous n'avons point d'autre ami que toi ! Mais va, ne pleure pas ; bien que je t'aime comme si tu étais mien, — je ne suis pas ta vraie mère.

BERNARDO.

Mère, ô cent fois plus — que jamais mère ne fut pour aucun enfant, — telle tu fus pour moi ! S'il n'avait pas été — mon père, penses-tu que j'aurais pleuré ?

LUCRÉTIA.

Hélas! pauvre petit! qu'aurais-tu pu faire?

(Entre Béatrice.)

BÉATRICE, d'une voix effarée.

A-t-il passé ici? L'as-tu vu, frère? — Ah! c'est son pas sur l'escalier! — C'est plus près maintenant! Sa main est sur la porte. — Mère, si jamais tu trouvas en moi une fille aimante, à cette heure sauve-moi. Toi, grand Dieu, — de qui l'image est ici-bas un père, — m'abandonnes-tu véritablement? Il vient! — la porte s'ouvre à présent; je vois son visage. — Pour les autres son regard est sombre; il me sourit à moi! — Il me souriait ainsi après le festin, hier au soir! — (Entre un serviteur.) Dieu tout-puissant, que tu es miséricordieux! — Ce n'est que le serviteur d'Orsino. Eh bien! quelles nouvelles?

SERVITEUR.

Mon maître m'a mandé de vous dire que le Saint-Père — vous renvoie votre supplique ainsi, sans l'ouvrir, — et il vous prie de lui faire savoir à quelle heure il n'y aurait aucun danger — à ce qu'il pût venir vous trouver encore.

LUCRÉTIA.

A l'Ave-Maria. (Sort le serviteur.) — Ainsi, ma fille, notre dernier espoir s'évanouit. Hélas! — que vous êtes pâle! vous tremblez, vous semblez — absorbée en une fixe et terrible méditation, — comme si cette pensée unique était trop forte pour vous. — Vos yeux ont un éclat froid : ô bien-aimée enfant, — allez-vous perdre la raison? Sinon, je vous prie, parlez-moi.

BÉATRICE.

Vous voyez que je ne suis pas folle : je vous parle.

LUCRÉTIA.

Vous faisiez allusion à quelque chose que votre père a fait — après l'exécrable festin? Cela pouvait-il être pire — que lorsqu'il sourit et s'écria : Mes fils sont morts! — Chacun regardait le visage de son voisin — pour voir si les autres étaient aussi blêmes. — A la première parole qu'il prononça, je sentis le sang — se précipiter à mon cœur, je perdis tout sentiment, — et quand je repris connaissance je restai faible et égarée; — pendant que vous seule, vous vous levâtes et que vos fortes paroles — osèrent réprimer sa joie dénaturée. Je pus voir — que le démon qui vit en lui fut châtié. — Telle jusqu'à cette heure même vous vous êtes élevée toujours — entre nous et le taciturne courroux de votre père, — comme une présence protectrice; votre ferme esprit — a été notre seul refuge et notre défense. — Quelle est la cause qui a pu vous abattre ainsi? Qu'est-ce qui a — été capable de vous donner ce regard triste et glacé — après cet effroi qui ne vous était pas habituel?

BÉATRICE, *avec effroi.*

Que disiez-vous? J'étais toute à cette pensée — qu'il serait préférable de ne plus lutter. — D'autres hommes que mon père ont été sombres et sanglants, — mais jamais encore... Oh! avant que rien de pire ne sorte de l'heure présente — il serait sage de mourir! C'est par là que tout finit.

LUCRÉTIA.

Oh! ne parlez pas ainsi, chère enfant! Apprenez-moi vite — ce que vous a dit votre père, ce qu'il a fait? — N'est-il point resté après le maudit festin — dans votre chambre? un seul instant? Parlez-moi.

BERNARDO.

O ma sœur, ma sœur, je te prie, parle-nous!

BÉATRICE, *très lentement, avec un calme forcé.*

Il n'a dit qu'un mot, ma mère, un seul mot; — il n'a eu qu'un regard, qu'un sourire! *(Avec égarement.)* Ah! jusqu'ici il m'avait seulement — foulée sous ses pieds, il avait fait couler le sang à torrents — de mes joues livides et il nous avait donné — à tous de l'eau fangeuse à boire, et la viande empestée — des buffles qu'il nous disait de manger, si nous ne voulions mourir de faim; — et nous avions mangé! Il avait mis sous mes yeux — mon bien-aimé Bernardo, quand la rouille — de chaînes pesantes gangrenait ses doux membres, — et je n'avais point désespéré... mais à présent! —

Qu'allais-je dire? (Se rappelant à elle-même.) Non, ce n'est rien de nouveau. — Les souffrances que nous partageons tous m'ont rendue folle; — il n'a rien fait que me frapper et me maudire; — il a regardé, il a dit, il a.... non! rien, — rien de plus qu'à son ordinaire! Cependant cela m'a troublée. — Hélas! j'oublie mon devoir; — je devais préserver ma raison pour l'amour de vous.

LUCRÉTIA.

Allons, Béatrice, aie courage, ma douce fille. — Si quelqu'un doit désespérer ici, c'est moi, — qui l'aimais autrefois, et qui dois à présent vivre avec lui, — jusqu'à ce que Dieu dans sa pitié le rappelle ou me rappelle! — Car vous, vous pourrez trouver, comme votre sœur, un mari, — et dans les années à venir, sourire à vos enfants autour de vos genoux; — tandis que moi, qui serai morte alors, tandis que tout ce hideux enchevêtrement, — votre souvenir le percevra de loin, comme dans un songe.

BÉATRICE.

Ne me parlez pas à moi, chère dame, d'un mari. — Ne m'avez-vous pas nourrie lorsque mourut ma mère? — Ne fûtes-vous pas notre bouclier à moi et à ce cher enfant? Quelle autre amie que vous — a su dans notre enfance, avec de bonnes paroles et de bons regards, — désarmer notre père, afin qu'il ne nous tuât pas? — Et je vous laisserais à présent? Que l'esprit — de ma mère morte plaide contre mon âme, — si j'abandonne l'être qui prit sa place — avec plus, s'il est possible, que l'amour d'une mère.

BERNARDO.

Moi aussi je pense comme ma sœur. En vérité — je ne vous laisserai pas dans cette misère, — même si le Pape me faisait libre de vivre — dans quelque joyeux pays, comme d'autres de mon âge, — avec les jeux, la nourriture délicate et l'air frais. — Oh! mère, ne pensez jamais que je puisse vous quitter.

LUCRÉTIA.

Mes chers, mes chers enfants!

(Entre Cenci subitement.)

CENCI.

Comment, Béatrice ici! — Approche-toi! (Elle se retire frémissante et se cache la figure.) Non, ne cache pas ton visage, il est beau; — lève tes yeux! Comment! hier au soir tu osais me regarder — avec une désobéissance insolente, — tu inclinais sur moi ton front sévère et inquisiteur, — en me demandant compte de ce que je voulais? Et moi, alors, je cherchais à te cacher — ce que je venais te dire, mais en vain....

BÉATRICE, chancelant et se jetant vers la porte avec frénésie.

O terre, ouvre-toi sous mes pieds! Cache-moi, ô mon Dieu!

CENCI.

C'étaient alors mes lèvres qui laissaient tomber — des paroles inarticulées; c'étaient mes pas mal assurés — qui fuyaient ta présence, comme tu fuis en ce moment la mienne. — Reste, je te l'ordonne. Je pense qu'à partir de ce jour, qu'à partir de cette heure, — tu n'oseras jamais plus, par ton front superbe, — par ton œil sans crainte et ta joue inaltérable, — et par cette lèvre faite pour la tendresse ou le dédain, — imposer silence fût-ce au dernier des hommes! — et à moi, moins qu'à tout autre. A présent, regagne ta chambre. (A Bernardo.) — Toi aussi, image abhorrée de ta maudite mère! — Ton visage d'agneau qui tette me donne des nausées de haine! (Bernardo et Béatrice s'en vont. — A part.) Il y a eu tant de choses entre nous que je ne puis être qu'audacieux et qu'elle doit se montrer craintive. C'est une chose formidable — que de toucher à un forfait comme celui que je conçois maintenant : — ainsi les hommes, parfois, sur une rive humide — frissonnent en tâtant du pied l'eau froide du courant. Mais une fois qu'ils s'y sont plongés, — comme leurs sens ravis palpitent de joie!

LUCRÉTIA, s'avançant timidement vers lui.

O mon époux, pardonnez à la pauvre Béatrice; — elle ne voulait aucun mal.

CENCI.

Ni toi non plus peut-être? — ni ce jeune drôle à qui

vous avez enseigné — le parricide, avec l'alphabet? Ni Giacomo? — Ni ces deux fils dénaturés qui suscitèrent — contre moi l'inimitié du Pape? — Ceux-là, un Dieu de miséricorde les a abattus dans une nuit. — Innocents moutons!... Ils ne voulaient aucun mal! — Vous n'étiez pas ici à conspirer? Vous ne disiez rien — de la manière dont j'aurais pu être mis au cachot comme un fou, — ou être condamné à mort pour quelque crime — qui vous aurait eus pour témoins? Et à défaut de cela, — vous ne pensiez pas combien il serait juste de gager des assassins? ou — de mettre un poison foudroyant dans mon breuvage du soir? — ou de m'étouffer lorsque je serais pris de vin? — considérant que vous n'avez d'autre juge que Dieu, — et qu'il m'avait condamné, et qu'il n'y aurait personne — que vous pour être les exécuteurs — de son décret, enregistré au ciel? — Oh non! vous n'avez rien dit de tout cela!...

LUCRÉTIA.

Que Dieu ne me vienne pas en aide si j'ai pensé les choses dont vous me chargez.

CENCI.

Si vous osez encore répéter ce mensonge scélérat, — je vous tuerai. Quoi! ce n'est pas par votre conseil — que Béatrice troubla le festin hier dans la nuit? — Vous n'espériez pas soulever quelques ennemis — contre moi et fuir, et vous échapper, et rire avec dédain —

de ce qui vous fait aujourd'hui trembler dans chaque fibre ? — Mais vous avez pensé que les hommes étaient plus braves qu'ils ne le sont. — Il en est peu qui osent s'élever entre leur tombe et moi !

LUCRÉTIA.

Ne me regardez pas si épouvantablement. Par mon salut, — je ne sais rien des desseins de Béatrice ; — je ne pense même pas qu'elle ait eu aucun dessein — jusqu'à ce qu'elle vous eût entendu parler de ses frères morts.

CENCI.

Menteuse blasphématrice ! Pour cela, tu es damnée ! — Mais je t'emmènerai en un lieu où tu pourras persuader — les pierres que tu fouleras de te délivrer. — Car les hommes qui sont là osent tout — hors ceci : questionner quand je commande. — Mercredi prochain je partirai. Vous connaissez — ce roc sauvage, le château de Pétrella ? — Il est muré solidement, et ses fossés sont profonds. — Ses cachots souterrains et ses tours épaisses — n'ont jamais raconté d'histoires, et pourtant ils ont entendu et vu — ce qui aurait pu faire parler les choses muettes. Pourquoi vous attardez-vous ici ? — Allez faire les préparatifs les plus prompts pour le voyage. (Lucrétia sort.) — Le soleil qui voit tout brille encore. J'entends — le mouvement tumultueux et affairé des hommes dans les rues, — je vois le ciel clair à travers les vitraux de la croisée. — C'est un jour indiscret, tapageur, révélateur, — soupçonneux, plein d'yeux et d'oreilles, — et chaque petit recoin, chaque trou, chaque réduit — est pénétré par ses clartés insolentes. — Venez, ô ténèbres! Et pourtant, que me fait le jour, à moi? — Et pourquoi devrais-je désirer la nuit, moi qui commets un acte par lequel le jour et la nuit seront confondus? — C'est à cette fille à tâtonner dans la brume confuse — de l'horreur! S'il y a un soleil aux cieux — elle n'osera point contempler ses rayons, — ni sentir sa chaleur! Que ce soit elle qui appelle la nuit! — L'acte que je conçois éteindra bientôt — pour moi toutes choses. Je porte en moi une nuit plus opaque et plus mortelle — que l'ombre de la terre, ou que le noir espace qui s'étend jusqu'à la lune, — ou que la nue la plus obscure qui ait jamais noyé les constellations! — Et dans ces ténèbres je marche tranquille, invisible, — vers mon but! Ah! que n'est-il atteint déjà!

SCÈNE II.

Un appartement dans le Vatican.
(Entrent Camillo et Giacomo, en conversation.)

CAMILLO.

Il existe une loi douteuse, tombée en désuétude, — par laquelle vous pourriez obtenir tout au plus subsistance, — nourriture et vêtements.

GIACOMO.

Rien de plus? Hélas! — Maigre doit être la provision que la stricte loi accorde et que paye l'avarice âgée et mécontente. — Pourquoi mon père ne m'a-t-il pas mis en apprentissage — pour apprendre quelque métier manuel! Je n'aurais pas été habitué à toutes ces nécessités du luxe — que je ne puis me procurer par mon travail journalier. — Le fils aîné d'un noble riche — devient l'héritier de toutes ses incapacités. — Il a des besoins larges et des moyens étroits. Où en seriez-vous, cardinal Camillo, si obligé de renoncer tout à coup — à vos triples lits de plume, à votre délicate nourriture, — à vos cent domestiques et à vos six palais, — vous en étiez réduit à ce que la nature exige vraiment pour vivre?

CAMILLO.

Oui, il y a quelque chose de juste dans votre plaidoirie : ce serait dur.

GIACOMO.

Dur à supporter, même pour un homme! mais moi, — j'ai une chère femme, une dame de haute naissance — de qui, dans une heure mauvaise, j'ai prêté la dot à mon père, — sans faire d'acte et sans témoin. — J'ai des enfants, qui héritent de la délicatesse de sa nature, — les plus charmants êtres de ce monde vivant. — Je ne reçois d'eux ni d'elle aucun reproche. Cardinal, —

ne pensez-vous pas que le Pape puisse intervenir et étendre son autorité au delà de la loi ?

CAMILLO.

Quoique votre cas particulier soit difficile, je sais — que le Pape ne détournera pas le cours de la loi. — Après ce festin impie d'hier au soir, — je lui ai parlé et l'ai vainement supplié d'arrêter — la main cruelle de votre père ; son visage s'est assombri, et il a dit : — « Les enfants sont désobéissants ; ils outrent les cœurs paternels jusqu'à la folie et au désespoir ; — ils payent des années de soins par le mépris. — Je plains le comte Cenci de tout mon cœur ; — son amour outragé a réveillé en lui la haine — et l'a exaspérée jusqu'au crime. — Dans la grande lutte entre les vieux et les jeunes, — moi, dont le corps défaille et dont les cheveux sont blancs, — je garderai au moins une neutralité impeccable. »

(Entre Orsino.)

— Vous, mon bon seigneur Orsino, entendîtes ces paroles.

ORSINO.

Quelles paroles ?

GIACOMO.

Hélas ! ne les répétez plus ! — Alors, pour moi il n'y a aucune justice ? du moins, — aucune autre que celle que je me ferai à moi-même, — puisque enfin je suis poussé à bout! Mais, dites, — mon innocente sœur et mon frère unique — se meurent sous l'œil de mon père. — Les bourreaux mémorables de ces pays, — Galéas Visconti, Borgia, Ezzelin, — n'infligèrent jamais à leur dernier esclave — ce que ceux-ci endurent ; n'auront-ils aucune protection ?

CAMILLO.

Eh mais! s'ils présentaient une supplique au Pape, — je ne vois pas comment il leur refuserait son appui. Pourtant — il tient pour le plus dangereux exemple — le moindre affaiblissement de l'autorité d'un père, — cette autorité étant comme un reflet de la sienne. — Je vous prie, à présent, de m'excuser. J'ai des affaires — qui ne souffrent point de délai. (Camillo sort.)

GIACOMO.

Mais vous, Orsino, — vous avez la pétition; pourquoi ne pas la présenter ?

ORSINO.

Je l'ai présentée, je l'ai soutenue — de mes plus ferventes prières et du poids de tout ce que j'ai d'influence. — Elle m'a été renvoyée sans réponse. Je ne doute pas — que les faits étranges et exécrables — qu'elle allègue (et en vérité ils pourraient bien défier — toute croyance), n'aient tourné le mécontentement du Pape — contre les accusateurs au lieu de lui faire viser le criminel. — Je dois penser ainsi d'après les paroles de Camillo.

GIACOMO.

Mon ami, ce démon qui hante les palais, l'or — a conseillé le silence à Sa Sainteté, — et nous sommes délaissés comme des scorpions dans un cercle de feu! — Que pouvons-nous, sinon nous frapper à mort? — Car celui qui est notre persécuteur mortel — porte pour bouclier le nom sacré de père; — sans quoi je...

(Il s'arrête brusquement.)

ORSINO.

Que feriez-vous? Ne craignez pas de dire votre pensée. — Il n'y a de sacrés que les noms qui couvrent des choses sacrées. — Un père qui a renié le Dieu qu'il servit, — un juge qui fait pleurer la vérité sur ses arrêts, — un ami qui ayant à fournir des conseils, ainsi que je le fais maintenant, — les tisserait comme le manteau de son égoïsme rusé, — un père qui réalise tout ce qui se présente dans un tyran — ne sont que les profanateurs du nom révéré dont ils se parent.

GIACOMO.

N'exigez pas que je dise ce qui m'a traversé la pensée. Il arrive souvent que notre cerveau — violenté forge des idées qu'il n'a pas consenties, et nous laissons se construire dans l'imagination des fantaisies telles — que la langue n'oserait les formuler; des rêves qui n'ont pas de nom, car leur horreur les rend obscurs — à l'œil de notre entendement. Mon cœur se refuse — à me laisser arrêter ma pensée sur ce que vous demandez.

ORSINO.

Mais le sein d'un ami — est comme le réduit le plus intime de notre âme, — nous pouvons nous y abriter des larges regards du jour, — et de l'air indiscret et communicateur... — Votre visage dit ce que je soupçonnais.

GIACOMO.

Épargnez-moi, à présent. — Je suis comme un voyageur perdu dans un bois à minuit, — qui n'ose demander à quelque passant inoffensif — son chemin à travers la solitude, dans la crainte de rencontrer en cet homme ce que je trouverais au fond de mes pensées : un meurtrier! — Je sais que vous êtes mon ami, et tout ce que j'ose — dire à ma conscience, je vous le confierai; — mais en ce moment mon cœur est lourd et voudrait — prendre conseil de l'insomnie d'une nuit soucieuse. — Pardonnez-moi si je vous dis adieu. Adieu! — Je voudrais qu'à moi-même, déchiré de soupçons, — je pusse adresser un mot si plein de paix!

ORSINO.

Adieu! Que vos pensées soient meilleures, ou plus braves! — (Giacomo s'en va. Orsino le regarde sortir.) J'avais disposé le cardinal Camillo — à n'encourager que froidement son espoir. — Il est heureux pour mes desseins cachés — que toute cette famille ait la manie générale de se livrer à une véritable analyse de ses sentiments et de ceux des autres! — Cette dissection de soi-même révèle aux volontés des secrets pleins de danger, car elle tente nos forces — en nous apprenant la mesure de ce que nous devons penser, et de ce que nous pouvons accomplir, — jusqu'aux profondeurs des plus ténébreuses résolutions. — Tel est le piège qui prit Cenci, et quant à ce qui est de moi, — depuis que Béatrice me dévoila à moi-même, — et me fit frissonner devant ce que je ne puis plus éviter, — je fais pauvre figure vis-à-vis de ma propre estime; — et je ne suis qu'à demi réconcilié avec ce visage-là. Je causerai — le moins de mal que je pourrai, et cette pensée — fera taire ma conscience accusatrice. (*Après une pause.*) Et puis, quel mal y aurait-il — si Cenci était tué? Pourtant, s'il vient à périr, — faut-il que ce soit par ma main? Si je pouvais saisir — le profit en rejetant le crime et le péril — d'une pareille action! Plus que toutes les choses terrestres — je crains un homme dont les coups devancent les paroles : et tel est Cenci, et tant que Cenci sera vivant — la dot apportée par sa fille ne sera qu'une tombe ouverte, — sous les pieds du prêtre qui l'épouserait! O belle Béatrice! — pourquoi ne puis-je cesser de t'aimer, ou, si je t'aime, — pourquoi ne puis-je dédaigner le danger, mépriser l'or, tout ce qui fait ombre entre mon désir et son effet — ou ce qui sourit au delà! Non, pas de délivrance possible! — La forme radieuse s'agenouille à côté de moi près de l'autel, — et me poursuit dans les assemblées des hommes, — et remplit mon sommeil de rêves tumultueux; — et quand je me réveille, mon sang me paraît un feu liquide, — et si de la paume enflammée de ma main je frappe ma tête moite qui tourne, elle la brûle! Son nom seul — prononcé par un étranger fait que mon cœur — palpite et se meurt. Ainsi dans un effort stérile — j'étreins les fantômes des délices non ressenties — jusqu'à ce que ma faible imagination possède à demi l'ombre qu'elle s'est créée. — Mais je ne veux pas nourrir plus longtemps cette existence d'heures enfiévrées; — avec les espoirs confus de Giacomo, — je tramerai mes plus chers desseins! — Je vois, comme d'une tour, la fin de tout : — son père mort, son frère lié à moi — par un noir secret plus sûr que la tombe; — sa mère effarée et ne trouvant rien à objecter — à la manière sinistre dont fut exécuté son désir. — Et elle!... Encore une fois, prends courage, mon faible cœur! — Que peut oser contre toi une vierge sans amis? — J'ai un pressentiment qui m'assure le succès. — Une divinité invisible, toujours, — lorsque les événements terribles sont proches, entraîne les esprits des hommes — par de ténébreuses suggestions, et celui qui en tire le meilleur parti — n'est pas l'aveugle instrument du crime, — mais celui qui trouvant son empire et sa proie dans les âmes des autres — sait flatter le sombre démon du Mal jusqu'à l'avoir pour esclave, comme je ferai.

FIN DU DEUXIÈME ACTE.

ACTE III

— —

SCÈNE PREMIÈRE.

Un appartement dans le palais Cenci.
(Lucretia en scène: Beatrice entre brusquement.)

BÉATRICE, chancelante et parlant confusément.

ONNEZ-moi ce mouchoir! ma tête souffre! — mes yeux sont pleins de sang; essuyez-les pour moi. — Je vois trouble.

LUCRÉTIA.

Ma douce enfant, — tu n'as point de blessure, ce n'est qu'une froide rosée qui mouille ton front... Hélas, hélas! — Qu'est-il arrivé?

BÉATRICE.

Pourquoi ces cheveux sont-ils défaits? — Leurs tresses dénouées sont, sans doute, ce qui m'aveugle ainsi, — et pourtant je les avais bien attachées! Oh! horrible! — Les pavés s'enfoncent sous mes pieds! Les murs — tournent autour de moi! Je vois une femme qui pleure là-bas, — calme et sans mouvement, pendant que moi — je glisse éperdue sur la pente d'un abîme empli de vertiges. Mon Dieu! — Le beau ciel bleu est tout taché de sang! — Le soleil est noir. L'air — est changé en miasmes tels que ceux que respirent les morts — dans leurs charniers. Ah! j'étouffe! Autour de moi rampe — une brume gluante, grise, pestilentielle. Elle est lourde, épaisse; — je ne puis la détacher de moi! elle colle — mes doigts et mes membres, les uns aux autres, — et entre dans mes muscles, et dissout — ma chair qui tombe en pourriture, et envenime — l'essence de ma vie la plus intime, la plus subtile, la plus pure. — Mon Dieu! je n'ai jamais su, jusqu'à ce jour, ce que ressentaient les fous; — car je suis folle, sans aucun doute! (Avec plus de force.) — Non, je suis morte! Ces membres en putréfaction — enferment comme un sépulcre mon âme pantelante — qui voudrait s'en arracher pour s'élancer dans l'air errant. (Une pause.) — Quelle pensée hideuse avais-je en ce moment même? — Elle s'est enfuie; et pourtant son poids reste encore ici — sur ces yeux ternis, sur ce cœur lassé! — O monde! O vie! O jour! O misère!

LUCRÉTIA.

Qu'as-tu, ma pauvre enfant? Elle ne répond pas! — Son esprit perçoit la sensation de la souffrance, — mais n'en sait pas la cause. La douleur a desséché — la source d'où elle jaillissait.

BÉATRICE, *avec égarement.*

Ma douleur est donc parricide, elle ! — puisqu'elle a tué son père. Et son père, pourtant, — n'était pas semblable au mien ! O Dieu ! quelle chose suis-je?

LUCRÉTIA.

Mon enfant bien-aimée, qu'a fait votre père?

BÉATRICE, *avec doute.*

Qui es-tu, questionneuse? Je n'ai pas de père. (A part.) — C'est la gardienne de la maison de fous qui me soigne. — Un office pénible ! (D'une voix lente et mesurée.) Sais-tu? — Je croyais que j'étais cette misérable Béatrice — dont les hommes parlent, que son père traîne quelquefois — de chambre en chambre, par ses cheveux emmêlés, — et parfois enferme nue dans des caves humides — où se traînent des reptiles couverts d'écailles, l'y privant de nourriture — jusqu'à ce qu'elle mange des viandes immondes. Cette lamentable histoire, — je l'ai tellement vécue dans mes rêves malades — que je me suis imaginée... non, cela ne peut être ! — Des choses horribles ont existé dans ce monde en démence, — des mélanges prodigieux, des confusions étranges — du bien et du mal, et il s'en est conçu de pires — que jamais cœur n'a pu accomplir. — Mais jamais la fantaisie ne s'égara jusqu'à un acte — comme.... (Elle s'arrête.) Qui es-tu? Jure-moi, avant que je ne meure — de l'angoisse d'une attente effroyable, que vraiment

— tu n'es point ce que tu sembles être... que tu n'es pas ma mère!

LUCRÉTIA.

O ma douce enfant! Sais-tu...

BÉATRICE.

Non, ne le dis pas! — car si cela est la vérité, le reste aussi — doit être la vérité! une vérité ferme, obstinée, — s'enchaînant à chaque circonstance persistante de ma vie, — ne changeant jamais, ne passant jamais! — Oh oui! il en est ainsi! voilà le palais Cenci! — tu es Lucrétia! moi, je suis Béatrice! — J'ai dit des paroles incohérentes; je ne recommencerai plus. — Mère, viens près de moi. Dès cette minute des temps, — je suis... (Sa voix s'éteint.)

LUCRÉTIA.

Mais enfin que t'est-il arrivé, ma fille? — Mais qu'a donc commis ton père?

BÉATRICE, sans l'entendre.

Quel crime est le mien? — Ne suis-je pas innocente? Est-ce ma faute, — si un homme à cheveux blancs, au front impérieux, — qui depuis mes années même oubliées me torture toujours, — (comme seuls les parents osent torturer!) — se nomme mon père! et s'il l'est! Oh! que suis-je? — Quel est mon nom? Quelle est ma place? Quelle sera ma mémoire? — De moi que survivra-t-il au delà de mon désespoir?

LUCRÉTIA.

Certes, ton père est un violent despote, mon enfant! — et la mort seule, nous le savons, peut nous rendre libres : — sa mort à lui, ou bien la nôtre! Mais qu'a-t-il pu faire? — Quel outrage plus mortel encore? Quelle pire injure? Tu ne te ressembles pas à toi-même! De tes yeux s'élance — une étrange et vague clarté! Parle-moi, — desserre ces pâles mains dont les doigts s'entrelacent — les uns dans les autres.

BÉATRICE.

C'est ma vie sans repos qu'elles tordent dans leur étreinte! Si j'essayais de parler, — je deviendrais folle. Ah! quelque chose doit être fait! — Quoi? je ne sais encore. Une chose, par laquelle l'outrage que j'ai enduré s'évanouira comme une ombre — sous le coup de foudre terrible qui me vengera. — Châtiment rapide, inéluctable, mettant à néant — les suites d'un mal qu'il ne peut guérir. — Oui, une chose sera faite! ou subie, ou infligée. — Lorsque je saurai quoi, je serai calme et muette, — et rien de plus ne pourra m'émouvoir jamais. — Mais à présent! O sang, qui es le sang de mon père, — circulant à travers ces veines empoisonnées! — si, versé à flots sur la terre souillée, — tu pouvais laver le crime et la honte qui me brisent!... Non, cela ne peut être! — Bien d'autres mettraient en doute qu'il y eût un Dieu là-haut — qui voit et permet le mal, et pourraient mourir dans ce doute ! — Mais moi, aucune agonie n'obscurcira la lumière de ma foi.

LUCRÉTIA.

En vérité, tu as dû subir une amère injure : — laquelle ? je n'ose deviner. O mon enfant perdue ! — ne cache point dans une douleur impénétrable et fière — tes souffrances à ma crainte.

BÉATRICE.

Je ne les cache point. — Quelles sont les paroles que vous voudriez que je disse ? — Moi qui ne peux évoquer dans mon esprit aucune image — de ce qui a fait de moi un autre être ! Moi de qui la pensée est comme un spectre qu'enveloppe, ainsi qu'un linceul, — sa propre horreur impalpable ! De tous les mots — qui sont les ministres des communications mortelles, — lesquels voudrais-tu donc entendre ? Car il n'en est point — qui puisse dire ma misère ; et si un autre apprenait jamais — quelque chose qui en approchât, il mourrait, comme je mourrai, — sans lui donner un nom. — O mort ! ô mort ! notre loi et notre religion te donnent le nom — de châtiment ou de récompense ! Eh bien ! qu'ai-je mérité, moi ?

LUCRÉTIA.

La paix de l'innocence ! — jusqu'à ce que vous soyez, à votre heure, appelée au ciel. — Quoi que vous ayez souffert, vous n'avez fait — aucun mal. La mort doit être le châtiment — de criminels, ou la récompense de ceux qui saignent aux épines dont Dieu a semé le chemin de l'immortalité.

BÉATRICE.

Oui, la mort !... — Le châtiment des criminels ! Je te prie, ô Dieu ! — ne me laisse point m'égarer dans la confusion pendant que je juge — si je dois vivre, jour à jour, et garder — ces membres, temple indigne de ton esprit, — comme un repaire immonde d'où ce que tu abhorres — peut te défier sans vengeance ?... Mais non ! cela ne sera pas ! — Le suicide ?... non, ce ne sera peut-être pas un refuge ! — Car entre le suicide et notre désir — tu fais bâiller comme un enfer le décret de la damnation ! Ah ! dans ce monde périssable — il n'y a point de loi ni de vindicte — qui puisse porter la sentence et faire exécuter l'arrêt — contre l'acte dont je meurs.

(Entre Orsino. Elle s'approche de lui solennellement.)

Soyez le bienvenu, ami. — J'ai à vous dire que depuis notre dernière rencontre — j'ai été frappée d'un désastre si énorme et si inouï — que ni la vie ni la mort ne peuvent plus me donner le repos. — Ne me demandez pas ce que c'est ! car il y a des actions — qui n'ont point de forme, des souffrances qui ne parlent pas.

ORSINO.

Et qui est-il celui qui vous a fait subir un tel malheur ?

BÉATRICE.

L'homme qu'on appelle mon père; nom redoutable!

ORSINO.

Cela ne peut être.

BÉATRICE.

Si cela peut être ou n'être pas, — abstenez-vous de le penser. Cela est, cela fut! — Ah! donnez-moi conseil pour qu'une autre fois cela ne soit pas. — Je voulais mourir, mais une terreur religieuse — me retient; je m'arrete devant l'effroi de cette pensée: — si la mort n'offrait pas un refuge à la conscience de ce qui n'a pas été expié!

ORSINO.

Accuse-le du crime! que la loi te venge!

BÉATRICE.

Conseiller au cœur de glace! — Si je connaissais un mot qui révélât le crime — de celui qui m'a brisée, une fois ce mot trouvé, — ma langue ainsi qu'un couteau pourrait-elle arracher le secret — qui gangrène le cœur de mon cœur? Oui, pourrait-elle mettre tout à nu, — pour que ma renommee sans souillure devînt dans les bouches du vulgaire une vile histoire rebattue, — une dérision, un objet d'étonnement, un scandale? — S'il m'arrivait de parler, ce qui jamais ne m'arrivera, — songez à l'or de l'offenseur, à sa haine redoutée, — à l'étrange horreur de l'accusation — qui passe toute croyance, qui fait taire toute parole, — et qui se murmure à peine, inconcevable, enveloppée — de hideuses insinuations... Oh oui! la justice serait sûre!

ORSINO.

Vous patienterez, alors?

BÉATRICE.

Patienter! Orsino, — il me semble que votre conseil est de peu de profit. (Elle se détourne de lui et se parle à elle-même.) Oui, — il faut se décider et agir, et promptement! — Quelle est cette impénétrable brume — de pensées qui s'élèvent comme des ombres après des ombres, — épaississant l'une l'autre leur obscurité?

ORSINO.

Celui qui vous offensa doit-il vivre? — Triomphera-t-il dans son méfait? Et ce crime, — quel qu'il soit, épouvantable sans doute, — le transformera-t-il en habitude de manière à en faire votre élément? — Au point que vous deveniez tout à fait perdue, dégradée jusqu'à la nuance livide — de ce que vous avez consenti à endurer?

BÉATRICE, à elle-même.

Mort puissante! — Ombre à double visage! Unique juge, — arbitre le plus équitable!

(Elle remonte absorbée dans ses pensées.)

LUCRÉTIA.

Si les foudres — de l'Éternel descendirent jamais pour venger...

ORSINO.

Ne blasphémez pas! Sa haute providence commet — aux mains des hommes sa gloire à lui sur la terre, et leurs propres manquements; s'ils négligent — de punir le crime...

LUCRÉTIA.

Mais si un misérable comme celui-ci — à l'aide de son or se raille de la loi, de l'opinion, de la puissance? — S'il n'y a aucun appel contre ce qui fait — trembler les plus coupables? Si, parce que nos malheurs — à force d'être étranges, monstrueux, contre nature, — excèdent la mesure de toute croyance... O Dieu! — Si, par les mêmes raisons qui devraient nous rendre — la réparation plus rapide et plus sûre, notre offenseur triomphe? — Et nous, les torturés, supportons de pires châtiments — que ceux qu'on devrait infliger à celui qui nous torture?

ORSINO.

Ne doutez pas — qu'il y ait toujours réparation là où il y a crime, — pourvu que nous ayons assez d'audace pour forcer la main à la justice.

LUCRÉTIA.

Et comment? — S'il y a un moyen infaillible que je ne connais pas, — je crois qu'il serait bon — de...

ORSINO.

Mais son récent outrage à Béatrice; — car il est tel, à ce que je devine vaguement, — que le remords dans la vengeance lui serait un déshonneur et ne laisse à elle — qu'un seul devoir, celui du châtiment, — à vous qu'un seul refuge contre des maux insupportables, et à moi qu'un seul conseil, celui...

LUCRÉTIA, *vivement.*

Ah! nous ne pouvons espérer — aucune aide, aucune justice, aucune ressource — là où toute autre offense en trouverait dans une nécessité moins urgente que les nôtres.

(Béatrice redescend.)

ORSINO.

Alors?...

BÉATRICE.

Paix, Orsino! — Et vous, honorée dame, tandis que je parle, je vous fais cette prière : — ainsi que de vêtements usés, dépouillez-vous de tout respect, patience, remords ou crainte, — et de toutes les réserves habituelles de la vie journalière — qui nous ont emprisonnées dès l'enfance, mais qui maintenant — seraient une raillerie à ma plus sainte cause! — Oui, je le dis encore, j'ai souffert un outrage — qui, bien qu'il ne se puisse exprimer, est tel — qu'il veut l'expiation! d'abord pour ce qui s'est passé; — ensuite, pour que je ne sois pas condamnée jour à jour, — à surcharger de crimes une âme qui en est déjà saturée, — et à devenir enfin ce que vous ne pouvez rêver ! J'ai prié — le Tout-Puissant, et j'ai parlé à mon propre cœur, — j'ai débrouillé les fils enchevêtrés de ma volonté, — et décidé enfin ce qui est juste. — Es-tu mon ami, Orsino ? Faux, ou vrai ? — Jure-le sur ton salut avant que je parle.

ORSINO.

Je jure de te consacrer mon esprit, ma force, — mon silence ; et tout ce qui est à moi, — je le mets à tes commandements.

LUCRÉTIA.

Vous croyez que nous devons méditer — sa mort ?

BÉATRICE.

Oui, et exécuter ce que nous méditons ! — et rapidement ! Nous devons être braves et prompts.

ORSINO.

Et cependant d'une grande prudence.

LUCRÉTIA.

Car les lois jalouses — nous puniraient de mort et nous voueraient à l'infamie — pour avoir exécuté ce qu'il eût été leur devoir à elles d'exécuter.

BÉATRICE.

Soyez prudent autant que vous voudrez, Orsino, mais prompt. — Quels sont les moyens ?

ORSINO.

Je connais deux bandits féroces et sûrs qui estiment l'âme d'un homme comme un ver de terre, — et qui pour un simple caprice écraseraient la vie la plus noble ou la plus vile. Ces gens-là — trouvent ici, à Rome, un débouché. Ils vendent — ce dont à présent nous avons besoin.

LUCRÉTIA.

Demain, avant l'aurore, — Cenci doit nous conduire à ce roc solitaire, — Pétrella, dans les Apennins d'Apulie. — Si nous y parvenons...

BÉATRICE.

Lui, il ne doit pas y parvenir.

ORSINO.

Fera-t-il sombre avant que vous n'atteigniez la tour ?

LUCRÉTIA.

Le soleil sera couché à peine.

BÉATRICE.

Mais je me souviens! — A deux milles de ce côté du fort, le chemin — traverse un ravin profond ; il est escarpé, étroit, — et serpente en courts tournants le long du précipice ; — et d'en bas se dresse une roche puissante, — qui s'est, depuis un nombre inimaginable d'années, maintenue avec effort au-dessus du gouffre, lentement, — et se cramponne, et pleine de terreur et d'angoisse semble descendre, pareille à une âme misérable qui d'heure en heure — se retient à la vie ; et le pic, en se cramponnant, penche, — et par là rend plus sombre l'affreux abîme au-dessus duquel il paraît trembler. Au-dessous de cette roche, — énorme comme le désespoir, bâille de lassitude — la mélancolique montagne ; plus bas encore vous entendez, sans le voir, un torrent exaspéré — dont la rage éclate parmi les cavernes. Un pont — est jeté sur l'abîme. Dans les hauteurs croissent, — enchevêtrant leurs troncs et se tordant de roc en roc, — des cèdres, des pins et des yeuses dont les chevelures emmêlées — se tressent avec les tortilles du lierre obscur, — et par les entrelacements forment un épais toit d'ombre. A midi, dans cet endroit — il fait crépuscule ; au coucher du soleil, nuit noire.

ORSINO.

Avant d'atteindre ce pont, inventez un prétexte — pour éperonner vos mules ou retarder votre marche — jusqu'à ce que...

BÉATRICE, *interrompant.*

Quel est ce bruit ?

LUCRÉTIA.

Écoutez ! Non, ce ne peut être le pas d'un serviteur : — c'est Cenci inopinément — revenu ! Trouvez une raison à votre présence ici.

BÉATRICE, *à Orsino en sortant.*

Le pas que nous entendons approcher ne doit jamais franchir — le pont que j'ai dit.

(Lucrétia et Béatrice sortent.)

ORSINO.

Que ferai-je? — Cenci me trouvera ici et je vais supporter — l'inquisition impérieuse de ses regards — au sujet de ce qui m'amène; les miens, je les masquerai d'un sourire banal et vide.

(Entre Giacomo avec précipitation.)

Comment vous êtes-vous aventuré dans cette maison? Savez-vous — que Cenci n'était pas chez lui?

GIACOMO.

Je le cherche ici, — et j'attendrai son retour.

ORSINO.

Grand Dieu! Avez-vous pesé le danger de votre audace?

GIACOMO.

Oui! Mais mon persécuteur sait-il bien celui qu'il court lui-même? Nous — ne sommes plus, comme autrefois, père et enfant, — mais homme et homme, oppresseur et oppressé, — calomniateur et calomnié, ennemi et ennemi. — Il a rejeté la nature qui était son bouclier, — et la nature le rejette, lui qui est sa honte. — Et je ne connais plus ni elle, ni lui. Est-ce un père, l'homme — que je vais secouer en lui serrant la gorge et en lui disant : « Je ne demande pas de l'or, — je ne demande pas à compter d'heureuses années passées, ni des souvenirs — d'une enfance tranquille, ni l'amour abrité du foyer ; — non, je ne demande rien de tout cela ; bien que tu m'aies arraché tout cela... et beaucoup plus encore ! — Mais seulement mon honneur, le seul trésor — de paix que je croyais dérobé à ta haine, — sous l'amoncellement de misère où tu m'avais enseveli. — Sinon, je suis décidé à... » Non, Dieu lui seul peut comprendre, et pardonner. — A quoi bon parler à un homme ?

ORSINO.

Soyez calme, cher ami.

GIACOMO.

Eh bien ! je vous raconterai avec calme, ce qu'il a fait. — Ce vieux Francesco Cenci, comme vous le savez, — m'emprunta la dot de ma femme — puis il nia cet emprunt et me laissa — dans un dénûment tel que je cherchai à l'alléger — en sollicitant un emploi modeste dans l'État. On m'avait promis cette place, et déjà — j'avais acheté des vêtements neufs pour mes enfants en haillons, — et ma femme souriait, et mon cœur connaissait le repos ! — lorsque l'intervention de Cenci, comme je l'appris plus tard, — fit accorder l'emploi à un misérable qu'il payait — ainsi pour les plus vils services. Je retournai lui dire, à elle, cette nouvelle pénible et nous étions assis, tristes, — mais ensemble, consolant notre infortune avec nos pleurs — et toute l'affection, la fidélité inviolée — qui tempèrent les pires maux de la vie, lorsqu'il vint, — comme il en a l'habitude, pour nous maudire, nous accuser, — se railler de notre pauvreté et nous répéter que c'était là le châtiment de Dieu qui frappe les fils désobéissants. — Alors, pour le rendre muet de honte, — je lui parlai de la dot de ma femme, et lui il inventa — sur l'heure un infernal mensonge, affirmant que j'avais dissipé — cette somme en de secrètes orgies; il s'aperçut — que ma femme en était troublée et il s'en alla en souriant! — Lorsque je vis l'impression qu'il lui avait causée — et sentis que ma femme insultait d'un silencieux dédain — à mon ardente justification, et me jetait en se détournant un regard froid et hostile, — je sortis aussi, mais je ne tardai pas à revenir... — pas assez tôt cependant pour que ma femme n'eût appris — aux enfants ses dures pensées. Alors, ils crièrent tous : — « Donne-nous des vêtements, père! donne-nous une meilleure nourriture! — Ce que tu dépenses en une nuit nous suffirait pendant des mois! » Je les regardai et je vis que mon foyer n'était plus qu'un enfer. — Or à cet enfer je ne retournerai plus — jusqu'à ce que mon ennemi m'ait fait réparation; sinon, de même qu'il m'a donné la vie, — moi je la lui ôterai, renversant les lois de la nature.

ORSINO.

Croyez-moi, — la réparation que vous cherchez ici — vous sera refusée.

GIACOMO.

Alors n'êtes-vous pas mon ami? — L'autre jour, quand nous conversions ensemble, — n'avez-vous pas fait allusion à une alternative — au seuil de laquelle j'hésite aujourd'hui; — mes injures, alors, étaient mille fois moindres! Ce mot de parricide, — bien que je sois résolu, me hante de son effroi.

ORSINO.

De son effroi, certes! car le mot par lui-même — est vide. Mais, au reste, remarquez-vous comme un Dieu sage — rassemble dans sa main tous les fils de l'arrêt qui se trame justement? et comme par là il sanctifie le but même! Ce que vous ne faites que concevoir — est, pour ainsi dire, exécuté déjà.

GIACOMO.

Est-il mort?

ORSINO.

Sa tombe est prête. Sachez que Cenci, depuis que nous nous sommes vus, — a fait injure à sa fille.

GIACOMO.

Par quel outrage?

ORSINO.

Elle ne le dit point. Mais vous pouvez — augurer telles demi-conjectures, comme je fais, — de sa fixe pâleur et de la douleur hautaine — qui siège sur son front; vous pouvez arguer de ce front austère penché sur l'espace vide, — et aussi de sa voix dure, sans modulations, — noyant toute terreur et toute tendresse; enfin — de ce qu'elle a fait lorsque sa mère adoptive et moi, — effarés de notre propre horreur, échangions ensemble — d'obscures insinuations sans nous comprendre l'un l'autre et achoppions vaguement — la vérité; nous parlions déjà de vengeance : — elle nous interrompit d'un regard — qui nous dit avant qu'elle eût parlé : « Il faut qu'il meure. »

GIACOMO.

Il suffit. Mes doutes sont apaisés. — Il y a donc pour cet acte une raison plus haute — que n'est la mienne! Un juge plus saint que moi l'ordonne! — un vengeur plus pur! Béatrice, — qui dans la douceur de ta suave jeunesse — jamais n'osas écraser un ver, ni meurtrir — une fleur vivante, sans en avoir pitié, — et sans verser sur eux d'inutiles larmes! Charmante sœur, toi — en qui les hommes s'émerveillaient de voir tant de beauté — impunément unie à tant de sagesse! A-t-on porté la dévastation dans ton être? Oh! mon cœur ne demande aucune autre — justification! Dois-je attendre, Orsino, — jusqu'à son retour et le poignarder à sa porte?

ORSINO.

Non pas! Quelque accident pourrait intervenir — pour le sauver de ce qui est maintenant très sûr, — et vous ne vous êtes prémuni d'aucun refuge, — d'aucune excuse, d'aucun abri. Ah! plutôt, écoutez! — tout est combiné, le succès est si certain — que...

(Entre Béatrice.)

BÉATRICE.

C'est la voix de mon frère! Vous ne me reconnaissez pas?

GIACOMO.

Ma sœur! ma sœur perdue!

BÉATRICE.

Perdue, en vérité! — Je vois qu'Orsino vous a parlé et — que vous conjecturez des choses trop horribles — pour les pouvoir exprimer, bien qu'elles soient loin encore de la vérité. A présent — ne vous attardez point ici, il pourrait revenir. Embrasse-moi pourtant : tu me feras connaître — ainsi que tu as consenti à sa mort. Adieu, adieu! que ta piété, ton amour fraternel, que la justice et la clémence — et toutes les choses qui attendrissent les cœurs les plus durs endurcissent le tien, mon frère. Ne me réponds pas. Adieu.

(Elle sort.)

SCENE II.

Un appartement sordide dans la maison de Giacomo.

GIACOMO, seul.

Il est minuit. Orsino ne vient pas. — (Tonnerre et bruit d'orage.) Quoi ! les éléments éternels peuvent-ils — se mettre à l'unisson d'un ver tel que l'homme ! S'il en était ainsi, la foudre aux ailes miséricordieuses ne tomberait pas — sur les arbres et sur les pierres. Ma femme et mes enfants dorment : — ils n'existent maintenant que dans des rêves sans suite. — Moi, il faut que je veille! car je doute encore si le projet que je roule — est juste, bien que si nécessaire ! O — toi, lampe épuisée! dont la maigre flamme — est secouée par le vent et autour de laquelle — planent les dévorantes ténèbres ! O feu, lueur chétive, qui t'élèves et tombes, pareille à un pouls mourant — et qui vacilles du sommet à la base... avec quelle rapidité, — si je ne te nourrissais, tu faiblirais ! et combien vite tu serais — comme si tu n'avais jamais été ! Ainsi faiblit et se répand, en cet instant peut-être, la vie qui alluma la mienne! — Mais là, aucun pouvoir ne pourrait remplir d'huile vitale — ce flambeau de chair une fois renversé. Ah! c'est le sang — nourricier de mes veines que l'on verse, jusqu'à ce qu'il soit figé tout entier ! —

4

c'est la forme, moule de ma forme, qui s'anéantit — dans les spasmes livides et blêmes de la mort! — c'est l'âme scellatrice dans mon âme de la ressemblance immortelle de Dieu, qui se dresse nue, à cette heure, devant le trône du Jugement! (Une cloche sonne. Écoutant.) Un coup!... deux! — Les heures rampent, et quand mes cheveux seront blancs — mon fils alors peut-être attendra ainsi, — torturé entre une juste haine et un vain remords, — reprochant au messager tardif de ne pas lui apporter des nouvelles pareilles à celles que j'attends! Je désire presque — qu'il ne soit pas mort; pourtant mes injures sont grandes! — Mais c'est le pas d'Orsino.

(Entre Orsino.)

Parlez!

ORSINO.

Je suis venu pour dire qu'il a échappé.

GIACOMO.

Échappé?

ORSINO.

Et qu'il est en sûreté dans le château de Pétrella. Il a passé une heure trop tôt à l'endroit désigné pour le meurtre.

GIACOMO.

Sommes-nous les jouets de telles éventualités? — Et dépensons-nous donc dans d'aveugles appréhensions — les heures dans lesquelles nous devrions agir? Alors, vents et tonnerres, — qui sembliez hurler son glas, vous êtes le rire énorme — du ciel qui se raille de notre faiblesse. Dès ce jour, — plus jamais je ne me repentirai de rien! d'aucune pensée, d'aucune action... — sinon de mon repentir même.

ORSINO.

Voyez, la lampe s'est éteinte.

GIACOMO.

Si aucun remords ne nous vient quand nous voyons que l'air brumeux — a bu cette innocente flamme, — pourquoi irions-nous défaillir — lorsque la vie de Cenci, cette lumière qui fait voir — aux esprits mauvais l'accomplissement des pires actes qu'ils suggèrent, viendra à s'éteindre pour jamais? — Non, je suis endurci.

ORSINO.

A quoi bon tout cela? Qui pourrait craindre dans un acte aussi juste — la pâle entrée du remords? Notre premier plan est manqué : — pourtant, n'en doutez pas, l'homme que nous visons sera promptement couché dans le repos. — Mais allumez la lampe. Ne parlons pas dans les ténèbres.

GIACOMO, *allumant la lampe.*

Ah! si une fois elle s'évanouissait, — je ne pourrais rallumer ainsi la vie de mon père. Ne croyez-vous pas

— que son esprit pourrait plaider cet argument devant Dieu ?

ORSINO.

Mais la paix que votre sœur a une fois perdue, — vous ne pouvez non plus la rappeler jamais, pour la rendre à son âme, — ni vos propres années de jeunesse et d'espérance, écrasées maintenant ; — ni les paroles amères de votre femme ; ni toutes les dérisions, — toutes les insultes que votre faiblesse a reçues de la triomphante prospérité de cet homme, — ni votre mère morte, ni...

GIACOMO.

Oh ! ne dites plus rien ! — Je suis résolu ! dût cette main même — annihiler la vie qui l'anima...

ORSINO.

Il n'en est pas besoin. Écoutez : vous connaissez Olimpio, le castellan de Pétrella, — du temps du vieux Colonna ? celui que votre père — destitua de sa place ? et Marzio, — ce ruffian désespéré qu'il priva l'an passé — d'un salaire de sang, bien gagné et bien dû ?

GIACOMO.

Je connaissais Olimpio ; et l'on dit qu'il haïssait — le vieux Cenci à un tel point que dans sa rage silencieuse — ses lèvres devenaient blanches seulement à le voir passer. — De Marzio je ne sais rien.

ORSINO.

La haine de Marzio — égale celle d'Olimpio. J'ai envoyé ces hommes, — mais en votre nom et comme à votre requête, parler à Béatrice et à Lucrétia.

GIACOMO.

Parler ?... et rien autre !

ORSINO.

Les moments de l'heure présente, — qui apportent dans leur vol rapide le minuit prochain, — rendront peut-être leur fuite mémorable par sa mort ; — mais auparavant mes envoyés auront parlé, sans doute même ils auront agi et en auront fini.

GIACOMO.

Écoutez ; qu'est ce bruit ?

ORSINO.

Le chien de garde hurle, les solives craquent, ce n'est pas autre chose.

GIACOMO.

C'est ma femme qui se plaint dans son sommeil. — Je ne doute pas qu'elle ne redise des choses amères — de moi et qu'autour d'elle tous mes enfants ne rêvent — que je leur refuse leur pain.

ORSINO.

Pendant que lui, — le véritable voleur de leur subsistance, lui qui fait — l'amertume de leur sommeil affamé, dort à présent — dans les bras des plaisirs mauvais, et triomphe — et se raille de toi dans les visions d'une haine satisfaite, — trop semblables à la réalité!

GIACOMO.

Si jamais il s'éveillait encore, je ne me fierais plus à des mains mercenaires.

ORSINO.

Eh bien! ce serait mieux. Je suis obligé de partir; bonne nuit! — Lorsque nous nous retrouverons, puisse tout être accompli!

GIACOMO.

Et — oublié. Oh! que n'ai-je jamais été!

FIN DU TROISIÈME ACTE.

ACTE IV

SCÈNE PREMIÈRE.

Un appartement dans le château de Pétrella.

(Entre Cenci.)

CENCI.

LLE ne vient pas! Cependant je l'ai laissée — vaincue et presque évanouie. Elle sait la peine qui frapperait son retard! — Si pourtant les menaces étaient vaines? — Mais ne suis-je pas à présent dans l'enceinte des fossés de Pétrella? — Ai-je encore à redouter les yeux et les oreilles de — Rome? Ne puis-je la traîner par ses cheveux d'or? — la fouler aux pieds? la torturer par l'insomnie jusqu'à ce que sa cervelle s'use? — la dompter par les chaînes, par la faim? — Il suffirait de moins que cela. Et pourtant laisser ainsi inaccompli — ce que je convoite le plus! Non, c'est sa volonté rétive — qui par son propre consentement la ravalera au niveau de la force qui l'attire en bas. (Entre Lucrétia.) Toi, misérable abhorrée!

— Cache-toi de ma haine ; fuis, va-t'en ! Non, reste ! Dis à Béatrice de venir ici !

LUCRÉTIA.

O mon époux ! je t'en supplie, par amour pour toi-même, infortuné ! — prends garde à ce que tu fais. Un homme qui marche comme toi — à travers ses crimes et à travers l'effroi de ses crimes, — à chaque heure peut trébucher dans la tombe ouverte. — Et tu es vieux ; tes cheveux sont gris, presque blancs ; si tu veux te sauver de la mort et de l'enfer, — aie pitié de ta fille ; donne-la à quelque ami — en mariage : pour qu'elle ne t'induise pas en tentation — de haine ou d'un sentiment pire, s'il en existe.

CENCI.

Quoi ! comme sa sœur, qui a trouvé un abri — d'où elle nargue ma haine avec sa prospérité ? — Une étrange ruine vous écrasera, elle et toi, — et tous ceux qui me restent encore. Ma mort sera peut-être — rapide : sa destinée la devancera. Va, — dis-lui de venir ici avant que mon humeur — ne soit changée ; qu'elle ne me force pas à la traîner par les cheveux !

LUCRÉTIA.

Elle m'a envoyée à toi, mon époux ! Elle tomba — devant toi, tu le sais, sans connaissance, — et dans cette espèce de catalepsie elle entendit une voix qui disait : « Cenci va mourir ! qu'il aille se confesser ! —

En ce moment même, l'ange accusateur attend pour savoir — si Dieu, en punition de ses crimes immenses, — endurcira son cœur mourant! »

CENCI.

Eh oui... il se peut que de telles choses arrivent. — Sans aucun doute, des révélations divines ont été faites quelquefois. — Il est évident que j'ai été favorisé d'en haut, — car lorsque j'ai maudit mes fils, ils sont morts. Oui, en vérité... — Quant à ce qui est le bien ou le mal, verbiage! — Le repentir, c'est la simple affaire d'un moment, — et cela dépend plus de Dieu que de moi. Allons! allons! — je vois que je dois renoncer au point principal qui était — d'empoisonner et de corrompre son âme. (Une pause. Lucrétia s'approche avec anxiété, puis s'éloigne en frissonnant pendant qu'il parle.) Oui... un... deux... — Rocco et Cristofano, ma malédiction — les a étranglés : Giacomo, je crois, trouvera — la vie un pire enfer que l'autre au delà de la tombe. — Béatrice, s'il y a quelque intelligence dans la haine, — mourra dans le désespoir en blasphémant; pour Bernardo, — il est tellement innocent que je lui léguerai — la mémoire de ces choses, qui feront de sa jeunesse — un sépulcre de tout espoir, où les pensées perverses — grandiront comme les mauvaises herbes sur un tombeau négligé. — Quand tout sera fait, là-bas, dans la vaste Campania, — j'empilerai mon argent et mon or, — mes vêtements précieux, tableaux, tapisseries, — mes parchemins et les titres de ma richesse, — et dans mon allégresse j'en ferai un feu de joie, pour ne lui laisser — de toutes mes possessions que mon nom seul, — héritage à dépouiller de tout celui qui le portera, — et à le laisser nu comme l'infamie. Puis, — mon âme qui est un fléau, je veux la résigner entre les mains de Celui qui s'en est servi. — Que ç'ait été pour son châtiment à elle, ou pour celui des autres, — il ne m'en demandera pas compte, jusqu'à ce que le battant — se soit brisé dans la dernière et plus profonde blessure qu'il aura ouverte, — jusqu'à ce que toute sa haine soit épuisée ! Mais — pour que la mort ne devance pas mes résolutions, j'accomplirai — rapidement et sûrement mon œuvre... (Il veut s'en aller. Lucrétia l'arrête.)

LUCRÉTIA.

Oh ! reste. Ce n'était qu'une feinte ! — Elle n'a pas eu de vision, elle n'a entendu aucune voix ; — je n'ai dit tout cela que pour t'inspirer de l'épouvante.

CENCI.

C'est bien. — Vile jongleuse qui te joues de la parole sacrée de Dieu, — que ton âme soit étouffée par l'imposture de ce blasphème ! — Pour Béatrice, de pires angoisses l'attendent, qui la courberont à ma volonté.

LUCRÉTIA.

Oh !... à quelle volonté ? — Quelles douleurs plus poignantes que celles qu'elle a subies déjà — pourrais-tu lui infliger encore ?

CENCI.

Andréa! Va, appelle ici ma fille. — Et si elle ne vient pas, dis que je viens, moi! — (Se retournant vers Lucrétia.) Quelles douleurs, demandes-tu? Je la traînerai pas à pas — à travers des infamies inconnues parmi les hommes. — Elle sera debout, sans abri, sous les larges clartés — du mépris public, pour des actes criés à outrance par tous! — Et parmi ces actes, il y en aura un... Lequel? Peux-tu deviner? — Elle deviendra (car ce qu'elle abhorre le plus — finira par avoir une fascination qui prendra au piège — sa volonté pleine de répugnance), elle deviendra à sa propre conscience — tout ce qu'elle paraîtra aux autres; et quand elle mourra, — comme elle sera morte sans pardon et sans confession, — rebelle à son père et à son Dieu, — son cadavre sera livré aux chiens, — son nom sera l'horreur de la terre, — son esprit s'avancera vers le trône de Dieu, — couvert de mes malédictions comme de boutons empestés. Je ferai — de son corps et de son âme un monstrueux monceau de ruines. (Entre Andréa.)

ANDRÉA.

La dame Béatrice...

(Il s'arrête.)

CENCI.

Parle donc, pâle esclave! Que dit-elle?

ANDRÉA.

C'est par son regard qu'elle a répondu, monseigneur.

Elle a dit : — « Va répondre à mon père que je vois un gouffre — d'enfer entre nous deux, qu'il peut franchir ; moi, je ne le ferai pas. » (Andréa sort.)

CENCI.

Va vite, toi, Lucrétia. — Dis-lui de venir ; mais fais-lui bien comprendre — que si elle vient, elle consent ; et ajoute : — que si elle ne vient pas, je la maudirai. (Lucrétia s'en va.) Ha ! Par quelle autre arme que par la malédiction d'un père Dieu frappe-t-il la victoire armée et fait-il pâlir davantage — les villes au plus fort de leur prospérité ? Le Père du monde — doit exaucer le vœu d'un père, contre son enfant, — même s'il est tel que les hommes m'appellent ! Cette fille, les morts de ses frères rebelles — ne la frapperont-elles pas de terreur avant que je ne parle ? Car — vers eux j'appelai par mes imprécations la destruction immédiate, et elle vint. (Entre Lucrétia.) Eh bien quoi ?... parle, misérable !...

LUCRÉTIA.

Elle a dit : « Je ne puis venir. — Va dire à mon père que je vois un torrent — de son propre sang qui bouillonne avec furie entre nous deux. »

CENCI, à genoux.

Dieu, — écoute-moi ! Cette chair spécieuse que tu as fait naître ma fille, sortie de mon sang, parcelle détachée de mon être, — ou plutôt peste, maladie —

dont la vue m'infecte et m'empoisonne, démon — jailli de moi comme d'un enfer, si tu l'as jamais destinée à quelque bon usage, si sa beauté lumineuse — fut allumée par toi pour éclairer ce sombre univers, — si nourries par la rosée la plus choisie de ton amour, — de telles vertus devaient fleurir dans son âme qu'elles eussent fait — la paix de la vie, — oh! je te prie! pour l'amour de moi, — toi qui es le commun Père et le Dieu — d'elle, de moi et de tous, révoque cet arrêt que tu as porté! — Terre, au nom du Créateur, que sa nourriture — soit un poison qui la couvre — de taches lépreuses. Ciel, fais pleuvoir sur sa tête — les gouttes brûlantes de la rosée des Maremmes, — jusqu'à ce qu'elle soit diaprée comme un crapaud! Dessèche — ces lèvres qui inspirent l'amour! tords ces membres — délicats dans une difformité affreuse! Soleil, regard universel, — ces yeux qui dardent la vie, frappe-les dans ta haine jalouse — de tes propres rayons aveuglants!

LUCRÉTIA.

Tais-toi, tais-toi! — Pour l'amour de toi-même, rétracte ces terribles paroles! — Quand le Dieu tout-puissant exauce de telles prières, c'est pour les punir.

CENCI, bondissant et levant sa main droite vers le ciel.

Il fait sa volonté! moi, la mienne. J'ajoute encore ceci : — que si elle a un enfant...

LUCRÉTIA.

Horrible pensée!...

CENCI.

Que si jamais elle a un enfant... Et toi, — Nature vivifiante, je t'adjure par ton Dieu! — sois féconde en elle; fais — qu'elle exécute le divin commandement : — « Croissez et multipliez! » et qu'elle réalise mes suprêmes imprécations! — Que ce qui naîtra d'elle lui soit une semblance hideuse! Qu'ainsi — qu'en un miroir défigurant, elle puisse voir — son image mêlée à celle qu'elle abhorre le plus — lui souriant sur son sein nourricier, — et que l'enfant, dès ses premières heures, croisse jour par jour, plus vicieux et plus difforme, — changeant l'amour de sa mère en horreur! — Qu'ils vivent, elle et lui, jusqu'à ce qu'il — la paie de ses soins et de ses douleurs par la haine — ou par quelque loyer plus hors nature encore, si cela se peut! — Que par lui les clameurs dérisoires du monde hurlant la pourchassent vers une tombe déshonorée! — Faut-il que je révoque cette malédiction? Va, dis-lui de venir, — avant que mes paroles ne soient enregistrées au ciel. (Sort Lucrétia.) Je ne me reconnais plus rien d'humain : — je me sens un démon chargé de châtier les offenses de quelque monde oublié. — Mon sang court, bouillonnant dans mes veines; — une volupté terrible l'éperonne et le fait vibrer; — j'éprouve la faiblesse tumultueuse d'une étrange horreur; — mon cœur bat de l'attente — d'une effroyable joie. (Entre Lucrétia.) Qu'est-ce? Parle.

LUCRÉTIA.

Elle dit que tu peux maudire; — et si tes malédictions (ce qui est impossible), — étaient capables de tuer son âme...

CENCI.

Elle ne viendrait pas? C'est bien! — Il me reste deux choses à faire : prendre de force ce que je veux, d'abord; — et ensuite, extorquer son consentement. A ta chambre! — Fuis, avant que je ne te pousse dehors, et prends garde, cette nuit, — de venir en travers de mes pas. Il y aurait plus — de sécurité pour toi à te mettre entre un tigre et sa proie. (Sort Lucrétia.) — Il doit se faire tard; mes yeux deviennent troubles et las — de la lourdeur inaccoutumée du sommeil. — O conscience, le plus insolent des mensonges! — Ils disent que le sommeil, cette rosée réparatrice du Ciel, — ne pénètre point de son baume les replis du cerveau — qui te croit une imposture! Je vais aller, — pour te jeter un défi, prendre d'abord une heure de repos, — lequel sera calme et profond, j'en suis sûr. Et puis, — ô enfers regorgeant de nos multitudes, les démons ébranleront — vos arches avec le rire de leur joie! Il y aura des lamentations dans les cieux — comme sur un ange tombé! Et sur la terre — toute vertu se flétrira défaillante, et les choses du Mal — se ranimeront dans une vitalité croissante — et triomphante, comme je le fais, à cette heure.

SCÈNE II.

Devant le château de Petrella.
(Entrent Béatrice et Lucretia, sur les remparts.)

BÉATRICE.

Ils ne viennent pas encore...

LUCRÉTIA.

Il est à peine minuit.

BÉATRICE.

Que lentement — à la suite de la pensée vertigineuse se traîne le temps aux pieds de plomb !

LUCRÉTIA.

Les minutes passent : — s'il se réveillait avant que l'acte fût consommé !

BÉATRICE.

Mère, il ne doit plus s'éveiller jamais. — Tes paroles me le persuadent, la chose que nous méditons — ne fera qu'arracher d'une forme humaine — un esprit des profonds enfers.

LUCRÉTIA.

Il est vrai qu'il a parlé — de la mort et du Jugement avec une confiance étrange — pour quelqu'un d'aussi criminel ; comme un homme — qui croit en Dieu, mais qui ne se soucie ni du bien ni du mal. — Et pourtant, mourir sans confession !

BÉATRICE.

Oh ! sois sûre que le ciel est miséricordieux et juste, — et qu'il ne grossira pas de cette dure nécessité, — qui est notre fait, la dette de ses offenses.

(Olimpio et Marzio paraissent en bas.)

LUCRÉTIA.

Vois, ils viennent.

BÉATRICE.

Toutes choses mortelles s'acheminent ainsi et se hâtent — vers leur fin ténébreuse. Descendons.

(Lucrétia et Béatrice quittent le haut des remparts.)

OLIMPIO.

Comment vous sentez-vous disposé pour ce travail ?

MARZIO.

Comme un homme qui pense — que mille couronnes sont un prix excellent -- pour la vie d'un vieil assassin. Vos joues sont pâles.

OLIMPIO.

C'est le reflet blanc des vôtres — qui les rend ce que vous appelez pâles.

MARZIO.

Est-ce leur teinte naturelle?

OLIMPIO.

C'est bien plutôt ma haine et la soif longuement différée — de l'assouvir qui éteint mon rouge sang sous ma chair.

MARZIO.

Donc, vous êtes prêt à la besogne?

OLIMPIO.

Oui : — si quelqu'un me soudoyait avec mille couronnes — pour écraser la vipère qui aurait mordu mon enfant, — je ne saurais être plus prêt.

(Entrent Béatrice et Lucrétia.)

Nobles dames !

BÉATRICE.

Êtes-vous résolus?

OLIMPIO.

Est-ce qu'il dort?

MARZIO.

Tout est tranquille?

LUCRÉTIA.

J'ai mêlé de l'opium à sa boisson : — il dort si profondément...

BÉATRICE.

Que la mort ne sera pour lui — qu'un échange de rêves punisseurs de ses crimes, — qu'une sombre continuation de son enfer intime ; — et puisse Dieu l'éteindre ! Mais vous êtes résolus ? — Vous savez que c'est une haute et sainte action ?

OLIMPIO.

Nous sommes résolus.

MARZIO.

Quant à ce qui est de l'explication ultérieure du fait, — c'est votre affaire.

BÉATRICE.

Eh bien ! suivez-moi.

OLIMPIO.

Chut ! Écoutez ! Chut donc ! Quel est ce bruit ?

MARZIO.

Ah ! Quelqu'un vient.

BÉATRICE.

Les lâches, que frappe leur propre conscience ! Apaisez — vos cœurs d'enfants qu'on berce. Ce n'est que la porte de fer : — vous l'avez laissée ouverte, et l vent qui la heurte — entre avec un sifflement de mépris. Venez. Suivez-moi, — et que vos pas comme les miens, soient légers, rapides et fermes.

SCÈNE III.

Un appartement dans le château.
(Entrent Béatrice et Lucrétia.)

LUCRÉTIA.

Ils sont à l'œuvre, à présent ?

BÉATRICE.

C'est déjà fait.

LUCRÉTIA.

Je ne l'ai pas entendu gémir.

BÉATRICE.

Il ne gémira point.

LUCRÉTIA.

Quel est ce bruit ?

BÉATRICE.

Écoute ! c'est le bruit des pas — autour de son lit.

LUCRÉTIA.

Mon Dieu ! il serait en cet instant même — un cadavre raide et froid !

BÉATRICE.

Oh ! ne crains pas — ce qui doit être exécuté ; mais plutôt ce qui ne le serait point. — L'acte scellera tout. (Entrent Olimpio et Marzio.) Est-ce fait ?

MARZIO.

Quoi?

OLIMPIO.

N'avez-vous pas appelé?

BÉATRICE.

Quand?

OLIMPIO.

A présent.

BÉATRICE.

Je demande si c'est fait?

OLIMPIO.

Nous hésitons à tuer un vieillard qui dort. — Ses cheveux gris et rares, son front vénérable et austère, — ses mains veinées, croisées sur son sein qui respire, — et le calme et l'innocent sommeil dans lequel il est plongé — m'ont dompté. En vérité, en vérité, je n'ose pas!

MARZIO.

Mais moi je fus plus brave! Car je réprimandai Olimpio, — en lui disant de continuer jusqu'à la mort à dévorer ses affronts — et de me laisser gagner seul la récompense. Déjà même mon couteau — touchait son cou flasque et ridé, lorsque le vieillard — tressaillit dans son sommeil et murmura : « Dieu, écoute, oh! écoute — la malédiction d'un père! Quoi! n'es-tu point notre Père? » Puis il rit. Je fus convaincu que c'était l'esprit — de mon père mort qui parlait par ses lèvres, — et je n'osai l'égorger.

BÉATRICE.

Misérables esclaves! — Comment, n'ayant pas eu la force de frapper un homme endormi, — avez-vous pris l'audace de revenir vers moi — avec un tel acte inaccompli? Couards irrésolus! traîtres! Mais cette conscience que vous vendez pour de l'or et pour vous venger est bien équivoque? Elle dort sur — mille actes journaliers qui déshonorent les hommes, et lorsqu'il s'agit d'une action où c'est insulter le ciel que d'avoir pitié... — Mais à quoi bon parler! *(Elle arrache à l'un d'eux un poignard et le regarde en le brandissant.)* Quand même tu aurais une langue pour dire : — « Elle assassina son propre père », je le ferais. — *(Aux deux hommes.)* Mais n'allez pas rêver que vous lui survivrez longtemps!

OLIMPIO.

Arrête, pour l'amour de Dieu!

MARZIO.

J'y retourne et je vais le tuer.

OLIMPIO.

Rends-moi le poignard; nous devons faire ta volonté.

BÉATRICE.

Prends-le! Va-t'en... et reviens!

(Olimpio et Marzio sortent.)

Comme tu es pâle ! — Nous ne faisons là que ce qu'il y aurait crime capital — à ne pas faire.

LUCRÉTIA.

Que n'est-ce déjà fini !

BÉATRICE.

En ce moment même — où cette angoisse traverse ta pensée, le monde — a conscience d'un grand changement ! Les ténèbres et l'enfer — engloutissent le souffle qui était émané d'eux — pour obscurcir la douce lumière de la vie. Ma respiration — devient, ce me semble, plus légère, et mon sang, tout à l'heure figé, maintenant court libre dans mes veines. Écoute ! (Entrent Olimpio et Marzio.) Il est?...

OLIMPIO.

Mort !

MARZIO.

Nous l'avons étranglé pour qu'il n'y eût pas de sang, — puis nous avons jeté son lourd cadavre dans le jardin, sous le balcon ; on croira qu'il est tombé.

BÉATRICE, leur donnant un sac.

Tenez, prenez cet or, — et ayez hâte de retourner chez vous. — Et toi, Marzio, puisque tu n'as été qu'épouvanté — par ce qui me fit trembler, moi, porte ceci. — (Elle le revêt d'un riche manteau.) C'est le manteau que mon grand-père portait dans sa riche prospérité, alors que les hommes — enviaient sa magnificence :

qu'ils envient ainsi la tienne ! — Tu fus une arme entre les mains de Dieu — pour une juste cause. Vis longtemps et prospère ! Et écoute ceci : — si tu as commis des crimes naguère, repens-toi. Cet acte n'en est pas un. (Un cor sonne.)

LUCRÉTIA.

Écoutez ! C'est le cor du château. Mon Dieu ! il résonne — comme la trompette du dernier Jugement.

BÉATRICE.

Quelque visiteur importun qui arrive.

LUCRÉTIA.

Le pont-levis se baisse ; il y a un piétinement — de chevaux dans la cour. Fuyez, cachez-vous ! (Olimpio et Marzio sortent.)

BÉATRICE.

Retirons-nous pour feindre un profond repos. — J'ai à peine besoin de le feindre à présent ; l'âme qui commande à mes membres — semble étrangement calme. Je pourrais même dormir — tranquille et sans crainte : tout mal est assurément passé.

SCÈNE IV.

Un appartement dans le château.
(Entrent d'un côté le legat Savella, introduit par un domestique; de l'autre, Lucretia et Bernardo.)

SAVELLA.

Madame, mon devoir envers Sa Sainteté — sera mon excuse, si je viens inopportunément — troubler votre repos. Je dois parler — au comte Cenci ; dort-il ?

LUCRÉTIA, précipitamment et avec confusion.

Je crois qu'il dort. — Mais ne le réveillez pas, je vous prie ! épargnez-moi quelque temps encore. — C'est un homme irritable et cruel : — si cette nuit on venait à le tirer brusquement de son sommeil, — qui, je le sais, n'est qu'un enfer de rêves pleins de colères... ce ne serait pas bien ; vraiment, ce ne serait pas bien ! — Attendez jusqu'à l'aube... (A part.) Oh ! je me sens mourir !

SAVELLA.

Je regrette de vous donner tant d'ennui, mais le comte — doit répondre à des charges de la plus grave importance, — et sur l'heure : j'ai mission pour cela.

LUCRÉTIA, avec une agitation croissante.

Je n'ose pas l'éveiller ; je ne connais personne qui

l'ose. — Ce serait périlleux! Vous pourriez avec la même sécurité éveiller — un serpent, ou un cadavre dans lequel un démon dormirait.

SAVELLA.

Madame, les moments que je dois passer ici — sont comptés. Je l'éveillerai de son sommeil, — puisque personne autre ne l'ose.

LUCRÉTIA, à part.

O terreur!.. O désespoir!.. (Haut.) Bernardo, conduisez monseigneur le légat — à la chambre de votre père.

(Entre Béatrice.)

BÉATRICE.

C'est un messager — venu pour arrêter le coupable qui en cet instant est — devant le trône du Dieu de qui on ne peut appeler. — La Terre et le Ciel, arbitres consentants, — absolvent ensemble notre action.

LUCRÉTIA.

Oh! agonie d'épouvante! — Que n'est-il encore en vie! A l'instant je viens d'entendre les gens de la suite du Légat chuchoter, en passant, — qu'ils avaient un ordre pour le mettre immédiatement à mort. — Tout était préparé par des moyens permis! — tandis que nous devons payer si cher l'exécution que nous avons faite nous-mêmes. — Pendant que nous parlons, ils fouillent la tour, ils trouvent le cadavre. — Voici qu'ils soupçonnent la vérité! Voici qu'ils se consultent — avant de venir nous taxer de ce crime! — Oh! horrible! tout est découvert!

BÉATRICE.

Mère, — ce qui est fait avec sagesse est bien fait. Sois brave — autant que tu es juste. C'est d'un enfant pris en faute — de trembler que les autres ne lisent — dans la rougeur qui le trahit ce qu'il a fait, — et de laisser voir dans ses yeux vacillants et sur ses joues pâlissantes — tout ce qu'il voudrait cacher. Sois fidèle à toi-même, — et ne crains d'autres témoins que ta crainte; — car si, par impossible, quelque circonstance — s'élevait pour nous accuser, nous pouvons aveugler — le soupçon par un étonnement si simple, ou le confondre par un orgueil si innocent, — que les assassins n'en peuvent feindre de pareil. La chose est faite : — ce qui suivra ne me regarde plus. — Je suis universelle comme la lumière, — libre comme l'air autour de la terre, ferme — comme le centre du monde : les conséquences pour moi — sont comme le vent qui frappe la roche solide et ne l'ébranle pas. (Bruit, tumulte.)

DES VOIX.

Au meurtre! au meurtre! au meurtre! (Entrent Bernardo et Savella.)

SAVELLA, à sa suite.

Allez, qu'on cherche dans tout le château! — sonnez l'alarme! — Voyez aux portes : que personne ne s'échappe!

BÉATRICE.

Qu'est-ce qu'il y a?

BERNARDO.

Je ne sais que dire. Mon père est mort!

BÉATRICE.

Comment?... Mort?... Il dort seulement. Tu te trompes, frère. — Son sommeil est très calme, très ressemblant à la mort. — C'est étonnant comme un tyran dort bien! — Il n'est pas mort.

BERNARDO.

Mort! Assassiné!

LUCRÉTIA, *avec une extrême agitation.*

Oh! non, non, non! — Il n'a pas été assassiné, quoiqu'il soit peut-être mort. — J'ai moi seule les clefs de son appartement.

SAVELLA.

Ah! En est-il ainsi?

BÉATRICE.

Monseigneur, je vous prie de nous excuser; — nous allons nous retirer. Ma mère n'est pas bien. — Elle paraît anéantie par l'effroi de cette saisissante nouvelle.

(*Lucrétia et Béatrice sortent.*)

SAVELLA.

Soupçonnez-vous qui peut l'avoir assassiné?

BERNARDO.

Je ne sais que penser!

SAVELLA.

Pouvez-vous nommer quelqu'un qui eût un intérêt à sa mort?

BERNARDO.

Hélas! — Je ne puis nommer personne qui n'en eût point. — Et ceux-là en avaient le plus, qui plus que tous regrettent le fait accompli : — ma mère, ma sœur et moi-même!

SAVELLA.

C'est étrange! Il y avait des traces évidentes de violence. — J'ai trouvé aux rayons de la lune le corps du vieillard — suspendu sous les fenêtres de sa chambre, — entre les branches d'un sapin; il ne pouvait pas y être tombé de lui-même, car tous ses membres étaient ramassés en un monceau flasque. — Il est vrai qu'il n'y avait pas de sang. — Faites-moi la grâce, seigneur, (car il importe beaucoup à votre maison — que tout cela soit éclairci), de dire à ces dames — que je requiers leur présence. (Bernardo sort. Entrent les gardes amenant Marzio.)

UN GARDE.

Nous en tenons un.

UN OFFICIER.

Monseigneur, nous avons trouvé ce brigand et un

autre, tapis derrière les rochers; il n'y a aucun doute — que ce ne soient les meurtriers du comte Cenci. — Chacun avait un sac d'or. Cet individu portait — un manteau tissu d'or, dont l'éclat brillant sous les rocs sombres, aux lueurs de la lune, — l'a dénoncé. L'autre est tombé — en se défendant comme un désespéré.

SAVELLA.

Avoue-t-il quelque chose?

L'OFFICIER.

Il garde le silence le plus complet, mais ces lignes trouvées sur lui — peuvent parler.

SAVELLA.

Leur langage au moins est sincère.

(Il lit.)

A la dame Béatrice. Afin de hâter l'expiation de ce que mon être appréhende d'imaginer, je t'envoie, sur le désir de ton frère, ceux-ci qui parleront et agiront plus que je n'ose écrire. Ton serviteur dévoué, Orsino.

(Entrent Lucrétia, Béatrice et Bernardo.)

Connais tu cette écriture, damoiselle?

BÉATRICE.

Non.

SAVELLA.

Ni toi?

LUCRÉTIA. (Pendant toute la scène, son attitude est marquée par la plus grande agitation.)

Où cela fut-il trouvé? Qu'est-ce que c'est? Ce pourrait être — la main d'Orsino. Ces lignes parlent de cette étrange horreur — qui n'avait pas jusqu'ici trouvé encore à s'exprimer, mais — qui creusait entre cette enfant infortunée et son père, mort à présent, — un gouffre de sombre haine.

SAVELLA.

Cela est-il? — Est-ce vrai, damoiselle, que ton père t'a fait — des outrages à éveiller en toi — une haine antifiliale?

BÉATRICE.

De la haine? Oh non! C'était bien plus. Ceci est vrai. Mais pourquoi me questionner?

SAVELLA.

Il s'est passé ici un événement qui exige que l'on questionne. Tu as un secret qui ne veut pas répondre.

BÉATRICE.

Que dit-il? Monseigneur, vos paroles sont irréfléchies et téméraires.

SAVELLA.

J'arrête, au nom — de Sa Sainteté le Pape, tous ceux qui sont ici présents. Il faut que vous alliez à Rome.

LUCRÉTIA.

Oh! pas à Rome! En vérité, nous ne sommes pas criminels.

BÉATRICE.

Criminels? Qui ose parler de crime?... Monseigneur, — je suis plus innocente de ce parricide — qu'un enfant né sans père. O mère chérie, — votre douceur et votre patience ne sont point un bouclier — contre ce monde aux jugements acérés, contre ce mensonge à double tranchant — qui semble être, mais qui n'est point. Quoi! par les lois humaines, — ou plutôt par vous qui en êtes les ministres, — tout accès d'abord aura été fermé aux naturelles revendications, — et puis, lorsque le ciel intervient pour exécuter — ce que vous négligez de faire et qu'il prend les armes les plus simples — pour venger un attentat monstrueux, — les victimes de cet attentat, les sacrifiés qui demandaient justice, — seront à vos yeux les coupables! Les coupables, c'est vous qui l'êtes. Ce pitoyable infortuné — qui reste là à trembler, si pâle, si effaré, — s'il est vrai qu'il assassina Cenci, ne fut qu'un glaive dans la main droite du très juste Dieu. — Le glaive, pourquoi l'aurais-je pris, moi? Serait-ce donc que Dieu se fait scrupule de châtier les forfaits qu'aucune langue mortelle n'osera jamais nommer?

SAVELLA.

Vous avouez — que vous souhaitiez sa mort?

BÉATRICE.

Ç'aurait été un crime non moindre que le sien, si pour un seul instant — ce désir brûlant s'était éteint dans mon cœur ! — Il est vrai que j'avais la croyance, ayant imploré le ciel longtemps, et que l'espoir m'était venu, — oui, même que je savais (car Dieu est juste et sage) qu'une mort soudaine, étrange, planait sur lui. Il est vrai qu'il en fut ainsi, et vrai surtout que c'était là pour moi le seul repos sur la terre, — le seul espoir dans le ciel. Eh bien, après ?

SAVELLA.

Des pensées étranges enfantent d'étranges actions. Et ici il y a les deux. Je ne te juge point.

BÉATRICE.

Et cependant si vous me faites arrêter, — vous êtes le juge et l'exécuteur — de ce qui est la vie de ma vie ; l'haleine — d'une accusation tue un nom innocent — et laisse à une pauvre existence l'acquittement louche qui ne fait plus d'elle qu'un masque vide. Il est très faux — que je sois coupable de cet ignoble parricide, bien que je dusse me réjouir, et pour une bien juste cause, — que d'autres mains aient envoyé l'âme de mon père — implorer la miséricorde qu'il me refusait. — A présent, laissez-nous libres. Ne tachez pas une noble maison par les vagues soupçons d'un crime qu'elle rejette. — N'ajoutez pas à notre désastre, à votre propre négligence, — un poids plus lourd. Laissez-les tels : ils suffisent. — Laissez-nous rester les ruines de ce que nous avons été.

SAVELLA.

Je n'ose vous contenter, damoiselle. — Préparez-vous, je vous prie, à venir à Rome. — Là, le Pape fera connaître son bon plaisir.

LUCRÉTIA.

Oh! pas à Rome! Oh! ne nous menez pas à Rome!

BÉATRICE.

Pourquoi pas à Rome, chère mère? Là, comme ici, — notre innocence sera comme un talon armé — qui écrasera toute calomnie. Dieu est là-bas, — comme ici, et de son ombre couvre toujours — les innocents, les persécutés et les faibles. — Or, nous le sommes. Prenez courage, chère dame, — appuyez-vous sur moi. Rassemblez vos pensées errantes. — Monseigneur, aussitôt que vous aurez pris quelques rafraîchissements — et que vous aurez fait sur le lieu même l'enquête que vous jugez nécessaire — pour jeter la pleine lumière sur l'événement, — nous serons prêtes. Ma mère, veux-tu venir?

LUCRÉTIA.

Ah! Ils nous attacheront sur la roue et arracheront de nos angoisses un aveu contre nous-mêmes! — Giacomo sera-t-il là?... Orsino? Marzio? — tous présents? tous confrontés? tous demandant — au visage l'un de l'autre — ce qui est dans le cœur de chacun! O misère! (Elle s'évanouit; on l'emporte.)

SAVELLA.

Elle s'évanouit : fâcheux symptôme!

BÉATRICE.

Monseigneur, — elle n'est pas bien au fait des institutions du monde : — sa terreur s'imagine que le pouvoir est comme une bête fauve qui, lorsqu'elle nous a saisis, — ne nous lâche plus; un serpent dont le regard transforme — toutes choses en crimes dont il se repait. — Elle ne peut savoir combien les indolents esclaves — de l'aveugle autorité savent lire la vérité des choses, — quand elle est sur le front grave de la candeur. — Elle ne voit pas encore l'innocence triomphante se dresser — devant le tribunal de l'homme mortel, — elle-même juge et accusatrice des calomnies qui l'ont amenée là. Préparez-vous, monseigneur; — notre suite rejoindra la vôtre dans la cour, en bas.

FIN DU QUATRIÈME ACTE.

ACTE V

SCENE PREMIÈRE.

Un appartement dans le palais d'Orsino.
(Entrent Giacomo et Orsino.)

GIACOMO.

LES actions criminelles arrivent-elles donc aussi rapidement à leur fin? — Oh! le vain remords qui doit châtier — les crimes accomplis, que sa voix n'est-elle dans l'avertissement aussi fort — que sa morsure est implacable dans la vengeance! — Pourquoi l'heure passée n'a-t-elle pu, quand elle était encore le présent, soulever — le manteau de son mystère? Pourquoi n'eut-elle pas, alors, — la forme épouvantable dans laquelle elle revient se montrer, aujourd'hui que sa proie effarée fuit devant les chiens vengeurs — de la conscience, qu'elle excite à leur curée. Hélas! hélas! ce fut une lâche pensée, un acte lamentable — d'assassiner un vieux père à tête blanche.

ORSINO.

Cela a mal tourné, en vérité.

GIACOMO.

Violer les portes sacrées du sommeil! — Dérober à la Nature charitable le bienfait d'une mort placide, — qu'elle prépare à la vieillesse trop lassée! — arracher au Ciel une âme non repentie — qui aurait pu éteindre dans des prières réconciliantes toute une vie de crimes brûlants!...

ORSINO.

Vous ne pouvez dire — que je vous poussais à cet acte?

GIACOMO.

Oh! si je n'avais jamais — trouvé dans ton plat et obséquieux visage — le miroir de mes plus sombres vœux, si tu ne m'avais par tes insinuations et tes questions — fait regarder en face le monstre de ma pensée — jusqu'à ce qu'il devînt familier au désir...

ORSINO.

C'est ainsi — que les hommes reprochent l'insuccès de leurs tentatives à ceux qui en approuvaient la résolution — et qu'ils jettent le blâme sur les autres au lieu d'accuser leurs débiles et criminelles personnes. — Et cependant, dites la vérité: c'est le péril — où vous êtes qui vous donne cette pâle souffrance — de repentir? Avouez que c'est la terreur déguisée — de votre propre honte qui prend en ce moment le masque — d'un remords transparent. N'en serait-il pas autrement si nous étions en sûreté?

GIACOMO.

En sûreté! comment cela pourrait-il être? Déjà Béatrice, — Lucrétia et le meurtrier sont en prison. — Je ne doute pas que des sbires, pendant que nous sommes là à parler, — ne soient envoyés pour nous prendre.

ORSINO.

J'ai tout préparé — pour une fuite instantanée. Nous pouvons échapper en ce moment même, — si nous saisissons l'occasion rapide par les cheveux.

GIACOMO.

Plutôt expirer dans la torture, ainsi qu'il m'arrivera probablement. — Quoi! voudriez-vous par une fuite qui s'accuse elle-même, — faire inévitablement condamner Béatrice? — elle qui seule dans cette œuvre contre nature — est comme un ange de Dieu en proie — à des démons, se vengeant d'une injure à laquelle il est si impossible de donner un nom — qu'elle change le nom de parricide en un devoir de piété! — tandis que nous, pour les fins les plus basses... Ah! Orsino, — quand je considère toutes vos paroles et tous vos regards — et que je les compare à votre offre de tout à l'heure, — il me vient la crainte que vous ne soyez un misérable! Pourquoi m'avez-vous engagé dans un crime aussi périlleux, — m'entraînant par vos suggestions, vos signes et vos sourires, — jusqu'à ce gouffre? Tu n'es pas un menteur! Non, — tu es le mensonge même. Traître et assassin! — Lâche et esclave! Mais non, défends-toi: — que l'épée dise ce dont ma langue indignée — a honte de te flétrir!

ORSINO.

Ecartez votre arme! — Est-ce donc votre terreur de désespéré qui vous rend à ce point imprudent et téméraire envers un ami, — lequel s'est perdu pour vous? Si un courroux honnête vous émeut, sachez que ma proposition de tout à l'heure — n'était que pour vous éprouver. — Quant à moi, je crois — que mon affection, dont vous me récompensez si mal, m'a entraîné jusqu'au degré — de ne pouvoir plus reculer, quand même mon caractère ferme fléchirait devant le repentir. — A l'instant où nous parlons, les émissaires de la justice attendent en bas: — ils m'accordent ces trop courts moments. Donc, si vous avez — quelque parole de mélancolique consolation — à porter à votre pâle femme, il serait préférable pour vous de passer — par la porte de derrière, et vous les éviterez ainsi.

GIACOMO.

O généreux ami! Comment peux-tu me pardonner?... Ah! si ma vie pouvait racheter la tienne!

ORSINO.

Ce désir — vient un jour trop tard. Hâte-toi! Adieu! —N'entends-tu point un bruit de pas dans le corridor? — (Giacomo s'en va.) J'en suis fâché, mais les gardes l'attendent — à sa propre porte ; c'est une combinaison — pour me débarrasser à la fois d'eux et de lui. — J'ai voulu jouer une solennelle comédie — sur la scène peinte de ce monde nouveau, — et atteindre à mes fins secrètes — par quelque plan de vertu mélangée de vice, — comme tant d'autres hommes en trament ; mais une puissance a surgi — qui saisit et rompit les mailles de mon filet, — et en fit un instrument de destruction contre moi-même... Ah! (Un cri au dehors.) Est-ce mon nom que j'entends clamer au loin? — Mais je passerai sous un vil déguisement, — des haillons sur mon dos, et une fausse innocence — sur ma figure, à travers la foule malveillante — qui ne juge que par ce qu'elle voit. Il sera aisé alors d'échanger contre un nom nouveau, contre un autre ciel, — contre une nouvelle existence façonnée d'après d'anciens désirs, — les honneurs de Rome que je quitte à jamais. — Et tout cela ne sera que le masque de mon être intime — qui restera toujours inaltérable. Oh! je crains — que le passé ne me laisse plus de repos! — Pourquoi, lorsque personne autre que moi n'a conscience — de mes méfaits, faut-il que le mépris de mon propre cœur me trouble? — N'ai-je pas le pouvoir de fuir — mes propres reproches? Dois-je être l'esclave... de quoi ? d'un mot dont se servent les gens de ce monde faux — les uns contre les autres, mais contre eux-mêmes jamais ! — comme on a sur soi un poignard, non pour blesser celui qui le porte. — Mais si je me trompe, où trouverai-je alors — pour me cacher à mes propres yeux un déguisement — pareil à celui qui me dérobe aux yeux des autres ? *Il sort.*

SCÈNE II.

Une salle de justice.

Camillo, juges assis. Marzio est amené.

PREMIER JUGE.

Accusé, persistez-vous dans vos dénégations ? — Répondez, êtes-vous innocent ou coupable ? — Je demande qui furent les complices — de votre crime ? Dites la vérité, toute la vérité.

MARZIO.

Mon Dieu ! je ne l'ai pas tué. Je ne sais rien. — Olimpio m'a vendu le manteau qui — vous induit à me croire coupable.

DEUXIÈME JUGE.

Emmenez-le.

PREMIER JUGE.

Oses-tu de tes lèvres encore blanches du baiser de la torture — mentir ainsi ? Est-elle donc une questionneuse si douce, — que vous vouliez encore folâtrer amoureusement avec elle, — jusqu'à ce qu'elle vous dévide l'âme et la vie ? Allez !

MARZIO.

Épargnez-moi, épargnez-moi. Je confesserai tout.

DEUXIÈME JUGE.

Alors, parlez.

MARZIO.

Je l'étranglai dans son sommeil.

PREMIER JUGE.

Qui vous poussa à le faire ?

MARZIO.

Son propre fils Giacomo et le jeune prélat — Orsino m'envoyèrent à Pétrella ; en cet endroit, — les dames Lucrétia et Béatrice — me tentèrent avec mille couronnes ; alors, moi — et mon compagnon nous l'assassinâmes. — A présent, laissez-moi mourir.

PREMIER JUGE.

Ceci m'a l'air aussi malsonnant que la vérité elle-même. — Eh là-bas ! Gardes, amenez les prisonniers.

(Entrent Lucrétia, Béatrice et Giacomo avec des gardes.)

PREMIER JUGE.

Regardez cet homme. — Quand l'avez-vous vu pour la dernière fois?

BÉATRICE.

Nous ne l'avons jamais vu.

MARZIO

Vous me connaissez trop bien, dame Béatrice.

BÉATRICE.

Je te connais? Comment? Où? Depuis quand?

MARZIO.

Vous savez que c'est moi — que vous avez poussé par des menaces et des promesses — à tuer votre père. Une fois la chose faite, — vous m'avez revêtu d'un manteau tissé d'or, — en me disant de prospérer. Vous voyez comme j'ai prospéré! — Vous, monseigneur Giacomo, madame Lucrétia, — vous savez que ce que je dis est la vérité. (Béatrice s'avance vers lui; il se couvre le visage et recule.) Oh! perce — du terrible ressentiment de tes yeux — la terre morte! Détourne-les de moi! Ils me blessent. Ce fut la torture qui me contraignit à la vérité. Messeigneurs, — maintenant que j'ai dit ce que j'avais à dire, faites-moi conduire à la mort!

BÉATRICE.

Pauvre misérable, j'ai pitié de toi. Mais attends encore.

CAMILLO.

Gardes, ne l'emmenez pas.

BÉATRICE.

Cardinal Camillo, — vous avez une juste réputation de douceur — et de sagesse : est-il possible que vous soyez là — à sanctionner par votre présence une farce aussi cruelle que celle-ci? — Lorsqu'un obscur et tremblant esclave est arraché — à des souffrances qui ébranleraient le cœur le plus ferme, — et qu'on lui enjoint de parler non selon sa pensée, — mais d'après les désirs et les conjectures — de ceux dont les questions lui suggèrent ses réponses; — et cela sous la menace de tourments si hideux qu'un Dieu de miséricorde les épargne à ses damnés, vous pouvez bien, — vous, avouer une chose... dont vous êtes pleinement persuadé : — si la charpente robuste de votre corps était étendue sur cette même roue, — et si l'on vous disait : « Déclarez que vous avez empoisonné — votre neveu, ce bel enfant aux yeux bleus — qui était l'étoile polaire de votre vie », ah! — bien que tous fussent témoins que depuis sa mort étrange et rapide — le jour et la nuit, le ciel et la terre, et le temps — et toutes choses, espérées ou accomplies, — sont changées pour vous par le fait de votre désolation intense, — vous laisseriez, convenez-en, et en dépit de tout, échapper ceci... « Je confesse tout ce que vous voulez. » — Et vous demanderiez à vos bourreaux, comme cet esclave,

— le refuge d'une déshonorante mort. — Je te prie, cardinal, de proclamer — mon innocence.

CAMILLO, très ému.

Que devons-nous penser, messeigneurs ? — Honte à ces larmes ! — Je croyais glacé le cœur — où est leur source. Je donnerai mon âme en garantie — qu'elle est non coupable.

UN JUGE.

Elle doit cependant subir la torture.

CAMILLO.

J'aurais aussi volontiers torturé mon propre neveu ! — (S'il vivait à présent, il aurait juste son âge ! — ses cheveux, aussi, avaient la couleur des siens, et ses yeux — avaient la forme de ses yeux, mais bleus et pas si profonds !) Oui, je l'eusse torturé aussi volontiers que cette plus parfaite image de l'amour de Dieu — qui vînt jamais, pour souffrir, sur cette terre ! — Elle est aussi pure que l'enfant qui ne sait pas parler.

LE JUGE.

Eh bien ! c'est sur votre tête que vous répondez de sa pureté, monseigneur, — si vous défendez la torture. Sa Sainteté — nous enjoignit de poursuivre ce crime monstrueux, — par les formes les plus sévères de la loi ; et cette loi, — de l'étendre même plutôt contre les criminels au delà de ses limites. — Ces prisonniers sont, devant vous, accusés de parricide — sur des témoignages tels qu'ils justifient la torture.

BÉATRICE.

Quels témoignages ? Celui de cet homme ?

LE JUGE.

Certainement oui.

BÉATRICE, à Marzio.

Approche. Qui es-tu, toi qui as été choisi ainsi — d'entre la multitude des hommes — pour tuer les innocents ?

MARZIO.

Je suis Marzio, — le vassal de ton père.

BÉATRICE.

Fixe tes yeux sur les miens, — réponds à ce que je demande. (Se retournant vers les juges.) Je vous prie de remarquer — sa contenance et combien elle diffère de l'audacieuse calomnie — qui parfois ne se hasarde pas à dire les choses que ses yeux expriment : — il n'ose, par ses regards, confirmer ce qu'il dit, mais les abaisse — sur l'aveugle terre. (A Marzio.) Quoi ! Diras-tu — que j'ai assassiné mon propre père ?

MARZIO.

Oh ! — épargnez-moi ! ma tête tourne. Je ne puis

parler. — Ce fut cette horrible torture qui m'arracha la vérité. — Emmenez-moi ! ne la laissez pas me regarder ! — Je suis un misérable criminel. — J'ai dit tout ce que je savais ; à présent, laissez-moi mourir.

BÉATRICE.

Messeigneurs, si naturellement j'eusse été — assez dure pour avoir conçu le crime que l'on m'impute, — ce que vos soupçons ont fait dire à cet esclave, — et ce que la torture a arraché de ses lèvres, croyez-vous — que j'aurais laissé derrière moi cet instrument à deux tranchants — de mon crime ? cet homme, ce couteau sanglant — jeté là hors du fourreau avec mon propre nom gravé sur le manche, — parmi une foule d'ennemis, — pour me perdre ? qu'en face de la nécessité si terrible — de garder le plus profond silence, j'aurais négligé — une précaution aussi enfantine que de faire de sa tombe — la gardienne du secret inscrit — sur la mémoire d'un voleur ? Que vaut sa misérable vie ? — Que valent un millier de vies ? Un parricide — les eût écrasées comme de la poussière ! et voyez, il vit ! (Se tournant vers Marzio.) Et toi...

MARZIO.

Oh ! épargne-moi ! ne me parle plus ! — Ce rigide et pourtant douloureux regard, — cette voix solennelle — me déchirent plus que la torture. (Aux juges.) J'ai tout dit. — Par pitié, menez-moi à la mort.

CAMILLO.

Gardes, confrontez-le de plus près avec la dame Béatrice : — il se replie et frissonne sous son regard comme la feuille d'automne — sous le souffle acéré du nord serein.

BÉATRICE.

O toi qui chancelles sur le bord vertigineux — de la vie et de la mort, réveille-toi avant de me répondre. — Ainsi, pourras-tu répondre à ton Dieu avec moins de terreur. — Quel mal t'avons-nous fait? Moi, hélas! — je n'ai vécu sur cette terre qu'un petit nombre d'années tristes, — et mon destin fut ainsi ordonné qu'un père — changea tout d'abord les moments de ma vie qui s'éveillait — en gouttes dont chacune distillait un poison sur le doux espoir — de la jeunesse, et puis d'un seul coup poignarda mon âme immortelle — et ma gloire immaculée et jusqu'à cette paix — qui dort au plus profond du cœur de notre cœur ! — Mais la blessure ne fut point mortelle ! et ma haine — est devenue le seul culte qu'il me soit possible d'offrir — à notre Père puissant, qui dans sa colère et dans son amour — t'arma, comme tu le dis, pour faucher sa vie. — Ainsi, ton crime s'est fait mon péril, — et tu seras mon accusateur ? Si tu espères — la miséricorde du ciel, montre-toi juste sur la terre. — Pire qu'une main sanglante est un cœur dur. — Si tu as commis des meurtres, si tu as fait de ta vie un sentier — où sont foulées aux pieds toutes les lois de Dieu et des hommes, — ne vas-tu pas te jeter au-devant de ton juge en disant : « Mon Créateur, — j'ai fait cela et davantage, car il y avait une âme — sur la terre, très pure et très innocente,— et parce qu'elle a enduré plus que toute autre — criminelle ou innocente ne le fit jamais, — parce que ses douleurs ne peuvent être ni retracées ni imaginées, — parce que, enfin, ta main l'a sauvée, — moi, par mes paroles, je l'ai tuée, et toute sa famille ! » — Pense, je t'adjure ! à ce que c'est que de détruire — dans les esprits des hommes — cette vivante vénération pour notre race antique et pour notre gloire jamais ternie ! — Pense à ce que c'est que d'étrangler la pitié quand elle vient de naître, — bercée dans la foi qui émane de mes regards candides ; — en sorte que par ton fait ce sera un crime d'avoir souffert. Pense — à ce que c'est que de tacher de sang et d'infamie — tout ce qui semble être innocence, et qui vraiment, — entends-moi, grand Dieu ! est, je le jure, innocent ! — de telle sorte que ce monde ne distingue plus — entre le regard féroce, hypocrite, sauvage, qu'aurait le crime, — et celui par lequel en ce moment je te force à répondre — à cette question : « Suis-je, ou ne suis-je pas — un parricide ? »

MARZIO.

Tu ne l'es pas.

LE JUGE.

Que veut dire cela ?

MARZIO.

Je le déclare ici, tous ceux que j'ai accusés faussement — sont de la plus absolue innocence. Moi seul, je suis coupable.

LE JUGE.

Traînez-le aux tourments ! qu'ils soient — subtils et longs, afin d'arracher les plis — de la plus intime cellule de son cœur. Ne le détachez plus — jusqu'à ce qu'il ait tout avoué.

MARZIO.

Torturez-moi aussi longtemps que vous voudrez : — une blessure plus poignante arrache une vérité plus haute — à mon dernier soupir. Elle est tout à fait innocente. — Limiers dressés au sang, et non hommes, épuisez votre faim sur moi : — je ne vous donnerai pas ce chef-d'œuvre de la Nature à déchirer et à anéantir. (Sortent Marzio et gardes.)

CAMILLO.

Que dites-vous maintenant, messeigneurs ?

LE JUGE.

Que les tortures sont un crible pour la vérité, d'où elle sort blanche — comme la neige tamisée trois fois par le vent glacé.

CAMILLO.

Mais taché de sang, cependant.

LE JUGE, à Béatrice.

Connaissez-vous ce papier, damoiselle ?

BÉATRICE.

Ne me tendez pas de piège par vos questions. Qui se dresse ici — pour m'accuser ? Ah ! le feras-tu, toi — qui es mon juge ? Accusateur, témoin, juge ! — Quoi, tout ensemble en un seul homme ? Voilà le nom d'Orsino. — Où est Orsino ? Que son regard rencontre le mien ! — Que veut dire ce griffonnage ? Hélas ! vous l'ignorez, — et comme cela... sur l'unique présomption que ce pourrait être — une chose répréhensible, vous voudriez nous tuer ?

(Entre un officier.)

L'OFFICIER.

Marzio est mort.

LE JUGE.

Qu'a-t-il dit ?

L'OFFICIER.

Rien. Aussitôt que nous l'eûmes attaché sur la roue, il nous sourit — comme quelqu'un qui déjoue un implacable adversaire ; — et retenant sa respiration il expira.

LE JUGE.

Il ne reste plus qu'à — appliquer la question à ceux des prisonniers — qui s'obstinent dans leurs dénégations.

CAMILLO.

Je prends sur moi d'arrêter — la procédure et en faveur — de ces très innocents et très nobles personnages — j'userai de toute mon influence auprès du Saint-Père.

LE JUGE.

Que le bon plaisir du Pape soit fait. En attendant, — conduisez ces coupables chacun dans un cachot séparé ; — et que les engins de torture soient prêts : car cette nuit, — si la résolution du Pape est encore aussi grave, — pieuse et juste qu'elle s'est prononcée déjà, j'extrairai la vérité — de ces nerfs et de ces muscles, gémissement par gémissement. (Il sort.)

SCÈNE III.

La cellule d'une prison.
(Béatrice endormie sur une couche. Entre Bernardo.)

BERNARDO.

Que doucement sur son visage le sommeil repose ! — Telle que les dernières pensées d'un jour délicieusement vécu — se prolongent, pareilles, dans la nuit et les rêves, — ah! comme après les tourments qu'elle a subis cette nuit, — son haleine s'exhale douce et légère! Ohimé! — il me semble que je ne dormirai plus jamais. — Mais je dois de cette fleur si suavement close secouer la céleste rosée du repos; donc... éveille, éveille-toi! — Eh quoi? sœur, peux-tu dormir?

BÉATRICE, *s'éveillant.*

Je rêvais, à l'instant, — que nous étions tous en Paradis. Car tu le sais, — cette cellule me paraît une espèce de paradis — auprès de la présence de notre père.

BERNARDO.

Chère, chère sœur! — Ah! si ton rêve pouvait n'être pas un rêve! Ah! Dieu! — Comment lui dire...

BÉATRICE.

Que voudrais-tu me dire, mon frère?

BERNARDO.

Ne me regarde pas avec tant de joie et de sérénité! sinon dans l'instant même — où je considère ce que j'ai à te dire, — mon cœur se brisera.

BÉATRICE.

Mais vois donc, tu me fais pleurer! — Que tu serais abandonné, cher enfant, — si j'étais morte! Dis ce que tu as à me dire.

BERNARDO.

Ils ont avoué : ils ne pouvaient plus endurer — les tortures.

BÉATRICE.

Ah! qu'y avait-il à avouer? — Ils ont dû dire quelque honteux mensonge obtenu de leur faiblesse, — pour contenter leurs tourmenteurs. Ont-ils dit — qu'ils étaient coupables? O blanche innocence! — Se peut-il que tu portes le masque du crime pour cacher — ta contenance austère, sereine, — à ceux qui ne te connaissent pas! (Entrent les juges, Lucrétia, Giacomo avec des gardes.) Ignobles cœurs! — Pour quelques spasmes brefs de douleur, au moins — aussi mortels que les membres à travers lesquels ils passent, — des siècles de haute splendeur sont couchés dans la poussière! — Et cet éternel honneur qui devait vivre, — pareil au soleil, au-dessus des miasmes de la gloire passagère, — est devenu une dérision et une insulte? Quoi, — livrerez-vous ces corps au supplice d'être traînés — aux jarrets des chevaux, pour que nous balayions de nos chevelures — les traces de la foule naine et insensée — qui, pour faire de notre catastrophe — leur spectacle et leur pompe religieuse, laisseront — les églises et les théâtres aussi vides — que leurs propres cœurs? La mobile multitude — jettera-t-elle sur nous à son gré des malédictions ou une pitié fanée, — tristes fleurs funéraires destinées à orner un cadavre vivant? — Quand nous passerons, pour passer à jamais, — en laissant... quelle mémoire de ce que nous avons été? — de l'infamie? du sang? de la terreur? du désespoir? (A Lucrétia.)

O toi, — qui fus une mère pour les orphelins, — ne tue pas ton enfant! Ne laisse pas ses malheurs te tuer! — Frère, couche-toi sur la roue avec moi, — et que chacun de nous soit muet comme un cadavre! — Elle deviendra bientôt douce comme une tombe : — le mensonge qu'elle arrache à la crainte — rend seul la torture cruelle.

GIACOMO.

Elles feront jaillir la vérité, — même de toi à la fin, ces douleurs horribles! — Par pitié, sans plus attendre, dis que tu es coupable.

LUCRÉTIA.

Oh! dis la vérité! que nous mourrions tous rapidement! — Après la mort, Dieu est le juge; pas eux! — il nous fera miséricorde.

BERNARDO.

Si réellement — cela peut être vrai, dis-le, chère sœur mienne, — et alors, sûrement, le Pape nous pardonnera, — et tout sera bien.

LE JUGE.

Confessez, ou je tordrai — vos membres dans des tortures poignantes.

BÉATRICE.

Tortures? changez — la roue, dès cet instant en un rouet! — Vous pouvez torturer votre chien, pour qu'il dise quand, la — dernière fois, il lappa le sang répandu par son maître! mais non pas moi. — Mes angoisses viennent de mon esprit, de mon cœur et de mon âme! — oui, de mon âme, en ce qu'elle a de plus intime, qui pleure au-dedans d'elle, des larmes de fiel brûlant, — à voir dans ce monde mauvais où nul n'est juste, — ma famille abandonnée de tous se trahir elle-même! — et à considérer toute la misérable existence — que j'ai vécue, sa fin plus misérable encore, — le peu de justice que le ciel et la terre nous ont accordé — à moi et aux miens, et le tyran que vous êtes, et les esclaves que sont ceux-ci, et le monde que nous faisons, — oppresseurs et oppressés, — si toutes ces poignantes angoisses — me contraignent à cette réponse! Que veux-tu de moi?

LE JUGE.

Es-tu coupable de la mort de ton père?

BÉATRICE, le regardant.

Mais que n'accuses-tu plutôt Dieu, le Juge suprême, — d'avoir permis un acte tel que celui — que j'ai souffert et qu'il a contemplé! — acte innommable, auquel il ne laissa — d'autre issue, d'autre vengeance, d'autre alternative — que ce que tu appelles la mort de mon père?... — Est-ce, ou n'est-ce pas ce à quoi les hommes donnent le nom de crime? — En suis-je, ou n'en suis-je pas l'auteur? — Dites ce que vous voudrez, je ne nierai plus. — Si vous le désirez ainsi, que ce soit donc! — Et voilà la fin de tout. A présent, faites votre vouloir. — Aucune douleur nouvelle ne tirera de moi une autre parole.

LE JUGE.

Elle est convaincue du crime, mais n'a point avoué. — C'est assez. Jusqu'à leur sentence finale, — que personne ne communique avec eux! Vous, jeune seigneur, ne vous attardez pas ici.

BÉATRICE.

Oh! ne me le prenez pas encore!

LE JUGE.

Gardes, faites votre devoir.

BERNARDO, embrassant Béatrice.

Oh! voudriez-vous séparer l'âme du corps?

L'OFFICIER.

Cela, c'est l'affaire de l'exécuteur.

(Tous sortent, excepté Lucrétia, Giacomo et Béatrice.)

GIACOMO.

Ai-je avoué? Tout est-il fini maintenant? — Nul espoir! nul refuge! Oh! langue misérable et sans force — qui m'as perdu, que n'as-tu tout d'abord été — coupée et jetée aux chiens! En premier lieu, avoir tué — mon père! et puis avoir trahi ma sœur! — Oui, t'avoir livrée, toi le seul être innocent et pur — dans tout ce noir monde criminel! livrée — à l'expiation que seul j'ai tant méritée tout entière ! Ma femme ! mes petits ! dans la misère ! abandonnés, et moi... Père ! ô Dieu ! — Peux-tu pardonner même à ceux qui n'ont point pardonné, — quand leurs cœurs trop pleins se brisent ainsi !

(Il se couvre la figure et pleure.)

LUCRÉTIA.

O mon enfant ! — à quelle terrible extrémité en sommes-nous tous venus ? — Pourquoi ai-je cédé ! pourquoi n'ai-je pas supporté — mes tourments ! Oh ! que ne puis-je me dissoudre — dans ces abondantes et stériles larmes — qui coulent insensibles de mes yeux !

BÉATRICE.

Où il y avait faiblesse à agir, il y a faiblesse — plus grande à se lamenter de la chose faite. — Prends courage, & le Dieu qui fut témoin de mon désastre et qui fit — de notre prompte vengeance l'ange de son courroux — paraît, mais seulement paraît, nous avoir abandonnés. — N'allons pas croire que nous mourrons pour une telle cause ! — Frère, assieds-toi là, près de moi, donne-moi ta main ferme ; — tu avais un cœur viril, redresse-toi ! — O très chère dame, mettez votre douce tête sur mes genoux ; tâchez de dormir un peu. — Vos yeux sont pâles, creux et trop lassés — par le poids de l'insomnie et par une lente douleur. — Tenez, je vous chanterai à voix basse quelque refrain berceur, — ni gai, ni triste ; quelque ancienne et mélodieuse chose,

— simple, monotone, oubliée… — ce que chantent les vieilles femmes, au village en filant, — jusqu'à en oublier presque qu'elles sont vivantes. — Couche-toi, ainsi. C'est bien. Ai-je donc oublié les paroles? — Ma foi ! elles sont plus tristes que je ne l'aurais cru.

CHANSON.

Faux ami, auras-tu un sourire ou une larme
Quand ma vie s'endormira?
Peu importe un sourire ou une larme
Au cadavre glacé dans la bière!
Adieu! Hélas!
Qu'est-ce qui murmure tout bas?
Dans ton sourire il y a un serpent, mon amour;
Dans ta larme un amer poison!

Doux sommeil, si la mort te ressemble,
Ou si tu étais mortel,
Je fermerais ces yeux endoloris;
Pour m'éveiller ? jamais plus!
O monde, adieu!
Écoute le glas qui passe :
Il dit que toi et moi devons nous séparer,
D'un cœur lourd et d'un cœur léger!

SCÈNE IV.

Une salle dans la prison.

(Entrent Camillo et Bernardo.)

CAMILLO.

Le Pape est implacable ; on ne peut ni l'émouvoir ni le fléchir. — Il semblait aussi froid, aussi aigu que l'engin — qui torture et qui tue, sans ressentir rien — de tout ce qu'il inflige : une forme de marbre, un rite, une loi, une coutume, mais pas un homme. — Il fronçait les sourcils, comme si le froncement des sourcils était un tic — de son mécanisme, contre les avocats — qui présentaient les défenses écrites : il les déchira — et les jeta derrière lui en marmottant d'une rauque et dure voix : — « Qui parmi vous défendit le vieux père, — quand on le tua dans son sommeil ? » A un autre : « Toi, — tu fais cela en vertu de ta place. C'est bien. » — Alors il se tourna vers moi avec un regard déprécatif — et dit ces trois mots froidement : « Ils doivent mourir. »

BERNARDO.

Et pourtant j'espère que vous avez insisté encore.

CAMILLO.

J'alléguais, — autant que je pouvais le deviner, le crime diabolique — qui amena la mort de votre père dénaturé. — Mais il répondit : « Paolo Santa-Croce — assassina sa mère hier au soir — et prit la fuite. Le parricide devient si fréquent — que bientôt, pour n'importe quelle cause, juste sans doute, les jeunes — nous étrangleront tous, sommeillants dans nos fauteuils. — L'autorité et le pouvoir et les cheveux gris — sont devenus des crimes capitaux. Vous êtes mon neveu, — vous venez demander leur pardon ; attendez un moment ; — voici leur sentence : ne me revoyez jamais — jusqu'à ce qu'elle soit accomplie à la lettre.

BERNARDO.

O Dieu ! cela ne peut être. Je croyais vraiment — que tout ce que vous disiez n'était qu'une triste préparation — à des nouvelles heureuses. Ah ! il y a des paroles et des regards — pour amollir la résolution la plus dure ! je les connaissais autrefois : — à présent je les oublie, dans ma nécessité la plus chère : — que penseriez-vous si j'allais le trouver et baigner — ses pieds et sa robe de larmes amères et brûlantes ? Si je l'importunais de mes prières, si je fatiguais son cerveau — de mes cris perpétuels, jusqu'à ce qu'il me frappât, — dans sa rage, de sa croix pastorale et foulât sous ses pieds — ma tête prosternée... jusqu'à ce que mon sang

— tachât la poussière insensible sur laquelle il marche, — et que le remords éveillât en lui la miséricorde? Je le ferai! — Oh! attendez jusqu'à mon retour! (Il s'enfuit.)

CAMILLO.

Hélas! pauvre enfant! un matelot promis au naufrage pourrait aussi bien prier — la sourde mer.

(Entrent Lucrétia, Béatrice et Giacomo avec des gardes.)

BÉATRICE.

J'ai à peine le courage de redouter — que tu n'apportes des nouvelles autres qu'un juste pardon.

CAMILLO.

Que la puissance du ciel soit moins inexorable — aux prières du Pape, qu'il ne l'a été aux miennes! — Voici la sentence et l'ordre d'exécution.

BÉATRICE, avec frénésie.

O mon Dieu! — Est-il possible que j'aie — à mourir si soudainement! Si jeune descendre dans l'obscure, froide et pourrissante terre, pleine de vers! — Être clouée dans un étroit espace! — ne plus voir jamais la douce lumière du soleil, ne plus entendre — la joyeuse voix d'un être vivant! ne plus rêver jamais — à mes pensées familières, tristes, mais pour toujours perdues! — Quel effroi! n'être plus rien! Devenir... — Quoi? Où suis-je? Oh! que je ne sois pas folle! — Doux ciel, pardonne à mes craintes débiles! Mais s'il n'y avait — ni Dieu, ni ciel, ni terre dans le vide univers! — dans l'univers énorme, gris, ténébreux, profond et désert! — et si alors autour de moi l'immensité des choses était partout l'esprit de mon père, — son regard, sa voix, son attouchement! — l'atmosphère et l'haleine de mon existence morte! — Si quelquefois, dans une forme qui lui ressemble, — (la même qui sur terre me tortura), — masqué de rides et de cheveux gris, il venait, — et m'enveloppant dans ses bras infernaux, fixait — ses yeux sur les miens; s'il m'entraînait plus bas, plus bas, plus bas encore!... — Car ne fut-il pas seul omnipotent — sur terre, et, présent toujours, même aujourd'hui qu'il est mort, — son esprit ne vit-il pas dans tout ce qui respire, — et n'élabore-t-il pas pour moi et les miens la même ruine, — la même honte, les mêmes angoisses, le même désespoir? Qui jamais revint, — pour en révéler les arcanes, du royaume de la Mort aux solitudes inviolées? — Lois iniques peut-être, autant que celles qui nous emportent — maintenant... où donc, hélas! où donc?

LUCRÉTIA.

Aie foi dans le tendre amour de Dieu, — dans les chères promesses du Christ! pense qu'avant la nuit — nous serons en Paradis!

BÉATRICE.

C'est passé! — A présent, advienne que pourra! mon cœur ne faiblira plus. — Et pourtant je ne sais pas pourquoi vos paroles tombent froides sur moi. — Que toutes choses semblent fausses, mornes et glacées! Mais, — j'ai rencontré tant d'injustices dans ce monde! Aucune différence entre le bien et le mal, en ce qui me concernait, — n'a été faite, ni par Dieu ni par les hommes, — ni par aucune des puissances qui ont moulé mon misérable sort! — Je suis déracinée du seul monde qui me soit connu, — de la lumière, de la vie, de l'amour, dans la fraîche primeur de la jeunesse! — Vous faites bien de me dire d'avoir foi en Dieu. — Je crois avoir foi en lui! En quel autre — espérerait-on? et pourtant mon cœur est froid.

(Pendant ces dernières paroles, Giacomo a conversé à l'écart avec Camillo qui sort.)

GIACOMO.

Ne sais-tu pas, mère? — sœur, ne sais-tu pas? — Bernardo en ce moment même supplie — le Pape de nous accorder notre grâce.

LUCRÉTIA.

Mon enfant, il se peut — qu'elle nous soit accordée. Nous pourrons alors vivre tous, — et faire de nos douleurs un récit pour les lointaines années. — Ah! quelle pensée! elle se précipite à mon cœur — comme du sang chaud.

BÉATRICE.

Et pourtant cœur et pensée seront glacés tout à l'heure. — Oh! repousse cette imagination! Pire que l'agonie, — pire que l'amertume de la mort est le vain espoir. — C'est le seul mal qui puisse encore trouver place — sur l'heure étroite, vertigineuse, acérée, — qui vacille sous nos êtres! Plaide plutôt auprès de la bise tranchante — pour qu'elle épargne la fleur aînée du printemps. — Implore le tremblement de terre pour la cité qu'il voit s'élever — sur sa couche, belle, forte et libre, — quand l'horreur et les ténèbres en un instant bâillent comme la mort! — Oh! persuade la famine, la peste qui marche sur les vents, — l'éclair aveugle, la mer sourde, mais ne demande rien à l'homme! — l'homme féroce, insensible, esclave de la routine! Juste en paroles, — Caïn en actions! Non, mère, nous devons mourir! — puisque telle est la récompense des vies innocentes, — et tel l'unique allégement des pires infortunes! — Du moment que nos meurtriers vivent et que des hommes froids et durs — passent avec une lenteur souriante à travers un monde de larmes, — en marche vers la mort comme vers le sommeil de la vie, il est équitable que la tombe — ait pour nous une volupté étrange. Viens, sombre Mort! — Entoure-moi de tes bras qui enlacent tout! — comme une mère caressante, cache-moi dans ton sein, — et berce-moi pour le sommeil dont nul plus jamais ne se réveille! — Vivez, vous qui vivez, sujets les uns aux autres! — comme nous le fûmes, nous qui aujourd'hui...

(Bernardo entre précipitamment.)

BERNARDO.

Oh! c'est horrible! — larmes, prières des yeux. espoirs suppliants versés à flots — de manière à épuiser le cœur désormais vide, — que tout soit vain! Autour des portes, — les ministres de la Mort sont là qui attendent. Sur la face de l'un d'eux — j'ai cru voir du sang! Était-ce une vision? — Bientôt le sang du cœur de tout ce que j'aime sur la terre — l'arrosera, et lui, il l'essuiera — comme si ce n'était que de la pluie! O vie! ô monde! — couvrez-moi! que je ne sois plus! — Ce parfait miroir de pure innocence — qui me faisait, à le contempler. heureux et bon, — le voir brisé! réduit en poussière! Toi, Béatrice, — toi qui par ton seul regard rendais toutes choses charmantes, — te voir morte! lumière de vie obscurcie à jamais! Dans le moment où je dis encore : « Sœur », — ne t'avoir déjà plus! Et toi, mère, — dont l'amour était le lien de tous nos amours! — morte! Le doux lien rompu! — (Entrent Camillo et les gardes.) Ils viennent. Oh! laissez-moi — baiser ces lèvres chaudes avant que leurs pétales pourpres — soient fanés et deviennent blancs et glacés! Dis-moi adieu, avant — que la mort étouffe ta chère voix! Oh! laisse-moi t'entendre — parler.

BÉATRICE.

Adieu, mon frère bien-aimé! Pense — à notre destin triste avec sérénité, comme en ce moment, — et que des souvenirs pleins d'apaisement et de miséricorde allègent — pour toi le poids de la douleur. Ne t'égare pas dans l'âpre désespoir. — Mais pleure et patiente. Une chose encore, mon enfant. — Pour l'amour de toi-même, sois fidèle à l'amour — que tu nous portes et conserve cette foi que, tout enveloppée — que je suis d'une étrange nuée de crimes et de honte, — j'ai vécu toujours sans tache, et saintement. Et lorsque — des langues envenimées me blesseront, lorsque ma mémoire et notre nom à tous — seront comme un stigmate sur ton front pur, — lorsque les hommes te montreront du doigt en passant, toi, — reste ferme! et ne te laisse pénétrer jamais par une pensée mauvaise — contre ceux qui t'aiment... qui sait? peut-être dans leurs tombeaux! Puisses-tu mourir enfin, ainsi que je meurs, ayant vaincu toute douleur — et toute crainte. Adieu! adieu! adieu!

BERNARDO.

Je ne peux pas dire adieu!

CAMILLO.

O dame Béatrice!

BÉATRICE.

Ne vous donnez pas de peine superflue, — mon cher seigneur cardinal. Mère, attache-moi — ma ceinture, et relève ces cheveux — en quelque nœud bien simple; oui, comme cela. — Et les tiens, je le vois, se défont. Que souvent — nous nous sommes rendu ce service l'une à l'autre! A présent, — nous ne le ferons plus jamais. Monseigneur, — nous sommes toutes prêtes. C'est bien; allons! tout est bien.

FIN.

A. Quantin imprimeur
r. S. Benoit. 7. à Paris

www.ingramcontent.com/pod-product-compliance
Lightning Source LLC
La Vergne TN
LVHW012006220826
846092LV00001B/261